第三人

胡晴舫 作品

目／次

金錢

環境

都市

世代

社會

資訊

現代人

現代阿特拉斯

推薦序　杜念中

認識胡晴舫少說也有十幾年了。不過記憶中，這十幾年來晴舫似乎一直居無定所，她不是在香港，就是在上海，有時在巴黎，現在又在東京。其實「居無定所」並不是一個恰當的描述，因為它多少意味著流離失所，或者出於不得已的原因被迫漂泊。但是晴舫並非如此。她反而更像是上世紀末期開始被嚴肅定義的「新游牧族」。

有人說，新游牧族應該這樣的：從一個國際機場到另一個國際機場、一個酒店到另一個酒店間的不停遊動，隨身配備著新而輕便的通訊設備，永遠不會因為快速切換地理位置而失去與世界的聯繫。也有人說，新游牧族終止了對他們國家民族的忠誠、切斷了與家庭社群間的臍帶。從各種有形無形的羈絆解放出來，新游牧族比絕大多數的人更更自由，更能享受世界主義的情感樂趣，和知識高度。

晴舫是不是新游牧族，恐怕她自己，她的朋友，尤其她的讀者都會有不同的答案。不過假設這個族群真的存在，而晴舫又真屬於這個族群，那麼晴舫在從一個和大家一樣安土重遷的定居族，轉變成新游牧族的過程中必然備嘗艱辛，也必然經歷了情感上的反覆糾葛。這些大概都是別人難以體會的。

絕大多數人都相信，即使天賦神力如阿特拉斯，在背負起整個地球時，也需要找到支撐點。那麼一個在各種空間快速移動的作家如何去找她的施力點呢？缺乏適當的著力點，她又如何觀察從自身周圍到遙遠地區的大小事務呢？

這個問題有它的正當性，也有其褊狹處，隱藏在它背後某些簡單的假設尤其嚇人，那就是：一個作家／批評者至少必須認同一塊土地、一個民族、一種對歷史的觀點，甚至一些對這塊土地、這個民族未來的期望。換言之，這種對特定忠誠的要求，就是對新游牧族虛無主義的否定。

當然對新游牧族的各種定義，往往都失之過簡，很容易變成僵硬教條，變成鞭斥無根者的武器；從另個角度來說，這樣那樣的定義，充其量只是用以衡量世界的一種理想形態，一個分析工具，這個族群在真實世界中並不存在，存在的頂多是「類」新游牧族。

類新游牧族在不同程度上的確摒棄了相對簡單的民族觀與地域觀。這個族群習慣多層次、多角度、多重身分的思維方式，比較能夠洞穿表象，看出許多雜亂無章現象之間的關聯性，同時也能輕易指出表面上相似的事情卻不適合類比的理由。憂國憂民的我們老喜歡問「為何某某國能，台灣不能？」但是類游牧族會質疑，為什麼我們不能停止這種幾十年來從來沒有進化過的問題，為什麼我們沒有能力變得更周全嚴謹，為什麼我們不能站在更堅實的基礎上提出更繁瑣的問題。

如果類新游牧族還有母社會的話，他們容易對母社會毫無關聯的事務表示強烈的興趣，對母社會的觀察往往更坦率，更不留情，這種坦率與無情，總會造成忠誠者難以笑納，這樣的例子在晴舫的文集中俯拾皆是。

晴舫文章令人叫絕的地方在於，她總會給意見與興趣太容易趨同的台灣，帶來一陣陣錯愕。晴舫的意見未必人人同意，她對自己提出來的問題也未必有答案。但長期習慣以相同思維和共同意見彼此取暖的台灣社會，不正需要晴舫的震盪治療嗎？

序

背德者的咕咕鐘

我個人向來偏愛「社會」這個詞彙勝過「國家」。

國家暗示了界線。一道邊界，將世界一分而二；要不在裡頭，要不在外頭。裡頭外頭，以意識型態砌高牆，拿文化偏見當盾牌，用政治語言當射箭，箭頭裹上種族主義的毒液，射擊每一名企圖越界的非我族類——不管由外入內或從內向外，任何一個方向都禁止。人類史上各種形式的衝突、鬥爭、戰爭與壓迫，大多為了捍衛那道劃分敵我的有形無形邊防。

社會卻像洋蔥。大社會包在小社會之外，小社會含在大社會之中，大小社會互相層層包裹，既獨立分瓣，又彼此依賴，形成一顆完美的圓球，像我們共生共存的地球。

超過兩人，就形成一個社會。而社會的成員可多可少，規模可大可小，組成方式可永久可臨時，種類各式各樣，不介意交集。家庭是一個社會，學校是另一個社會，教會是一個社會，公司行號是一個社會，張愛玲書迷俱樂部算一個迷你社會，每週固定騎車的單車車隊也是一個小型社會，坐在同間餐廳吃中飯的食客在那個時空之下臨時組成一個社會。一棟樓是一個社會，一條街是一個社會，有街有樓的城市是一個包含了這兩個社會的大社會；島嶼是社會，大陸是社會，一塊洲際是一個同時涵蓋了島嶼、大陸及海洋的廣大社會。網路社交媒體的小社會繁如眾星，有時為了某種議題，機動結合成為一個巨大的虛擬社會，從而改變實體社會。

社會像水，形狀不定，尺寸能大如海洋，也能微小如清晨玫瑰花瓣上的露珠，功能不斷變化，既能像寧靜無波的池塘，鎮日靜靜蓄養魚群，也能像萬馬奔騰的瀑布，擁有無所不摧的力量，即因它的組成分子是宛如水滴的一個人。這個「人」，會思考，會有多重興趣，會逐漸建立信念，會抉擇，會行動，因為利益、興趣，和共同價值，主動或被動加入以及退出某種社會，結果他身上便掛了許許多多不同社會，而這些大小規格不一、利益動機不同的社會便通過他產生關連，互通聲息。地表上看似分離的湖泊、水池、河流，皆來自源泉不絕的豐沛地下水，最終匯流奔向大海。

一個人可以是台灣某大學畢業，開二手書店，時常去北京出差，日日騎腳踏車上下班，關心兩岸事務，德布西樂迷，平時酷好攝影，因為妻子的緣故加入宗教慈善組織，因為兒子們同班而與銀行家成為好友，時時上網與住在非洲肯亞的三十歲印尼青年討論蝴蝶種類，念念不忘四十歲那年夏日的土耳其之旅。當他每天起床，便與大小不同社會發生關係，校友會、出版業、單車族、政黨、古典音樂界、攝影團體、家長會、宗教組織、網路社團以及印尼、中國、肯亞社會等等。他流動於各個社會之間，遭遇其他水滴，有的與他類似或迴異，有的認同他，有的反對他，有的很快接納他，有的始終懷疑他。有他亟欲參與的組織，也有他勉勉強強加入的團體。當你把許許多多水滴灑在一面平滑如鏡的桌面上，然後轉動桌子，觀察一滴水如何滑過來滑過去，與其他水滴相撞相容相離，在我的想法裡，就像現代人典型的一天。

社會是人。利益會衝突，興趣會區隔，價值會對抗，其實也是人在衝突、區隔、對抗。然而，社會的形狀容許改變，邊界能夠移動，社會與社會之間互相重疊，因為作為社會最小單位的人會改變、移動，會跨界，身分重疊。水生性就會流動，發現道德的複雜往往是率先流淌過界的那個人。

一旦跨越邊界，便會發現道德的難處。當現代人的生活型態帶領他每日開門便必須穿梭於各個包含了他的不同社會，不斷越過有形或無形的界線，何謂道德，何謂不道德，與其他水滴如何相處，聯盟或分離、或若即若離、或互不相容但做到安然共生，便成為現代人一輩子的道德功課。

道德，其實就是如何正確生活下去這件事。雖然世上再沒有所謂的「正確」之「道」，然而，「道」意指道路，所有上了路的生命過客皆是未帶地圖的旅人，每遇上一個路口，都面臨抉擇。康莊大道，深林小路，車水馬龍的商業街，還是罕無人跡的密草原野，向左轉向右彎，看似簡單的個人念頭，卻是一個個深重的生命決定。而個體的生命決定，便匯集為集體的社會決定，就像桌面上的水珠終究都會融成一大灘完整的水。

道德在現代之所以困難，因為邊界消融，人類流動，單一社會的倫理習慣時時遭到挑戰，再也無法不經辯證，便理所當然強硬制約每個人。

你的道德，未必是我的道德；我欲堅持的道德底線，正巧踩在你的紅線上。資訊流通，權威不對等於威權，大小社會密密包纏，互重互疊，傳統文化習慣已不足以支撐新的社會倫理，事情已經不再是「他們」和「我們」那般單純，因為我既是他們也是我們，「他們當然就是邪惡的一方而我肯定是那個正義的代表」的道德邏輯根本行不通，一個人隸屬於不同社會，不同社會都對他提出一套道德期待與倫理要求，這些道德標準未見得統一，時時衝突，甚至對立，好人壞人的界線不再只是通過個人對團體的忠誠度來解決。當世界由神性過渡到人性，再沒有人全然純潔無瑕或道德完全正確，陣營分壘變得可笑。外在的自由勢必要通過內在的自由，一兩句詞彙漂亮的道德口號只會煽動無謂的情感，淪為彼此迫害的新理由，無法有效解決現代人的道德困境。

道德應該複雜，某些時候根本無解，因為道德其實是髒的。當你把一大堆來源不同的水滴全集在一起，你得到的並不是一桶清澈見底的純水，卻是顏色渾濁不明的汙水。人們帶著各自的欲望、生存的掙扎，在社會這塊公共區域打滾，就像河水奔流向海總免不了夾雜泥沙，大雨落到街面一定會混雜灰塵，從來不可能純淨，也不該純淨。

所以，混沌之世，究竟如何安身立命。

道德的變化，讀出人類的思想史，記載了歷來人類想要正確生活的努力。我們透過思索，去形塑道德，進而建造社會倫理，企圖在眼前迷霧中辨識出一條可行的道路。一個人只要活著，就無法放棄思索。因為無論活在任何時代，思想都是唯一的道德羅盤。

當回頭看我自己的寫作之路，我發現我也只不過在做一個「人」的本分，那就是思考。我思，故我在；我在，故我思。

而我每天在想的，無非僅是這麼做道不道德。亂丟垃圾，道不道德；使用核電，道不道德；官商勾結，道不道德；家族壟斷，道不道德；資本遊戲，道不道德；同性婚姻，道不道德；廢除死刑，道不道德；網路爆料，道不道德；尤其，道德霸凌，道不道德。

當道德不澄淨時，其實是渴望活得道德的正直之人最焦慮。無論是眼見傳統道德崩解而擔憂世界墮落的衛道之士，或認為世界始終沒太大長進而心焦如焚的新道德鼓吹分子。自認道德正當，會讓人正氣凜然，願意勇敢衝鋒陷陣，對他眼中的缺德者決無憐憫之心，欲除之而後快。因為他覺得他正從事一件偉大的社會工程，他在捍衛文明，像一名警察在維持秩序，不惜代價，願意採取任何手段，只為要求對方按照自己的道德規章。法西斯主義就是這麼開始的。所有的法西斯主義信徒骨子裡都是堅貞的道德分子。

我喜愛的英國小說家格雷安·格林（Graham Greene）從小接受傳統天主教教育長大，因而痛恨道德教條主義。他一輩子寫了五十幾本書，無論故事背景發生在越南、墨西哥、土耳其還是英國，每次主題都在辯證道德。在他的小說裡，自認終生道德的人會行為不道德而毫無自覺，一向活得不道德的人在緊要關頭卻做出最符合良知的道德決定。我從他的小說學到了最多道德教訓，譬如，愛會讓人不道德，因為愛本身就是一種道德。有時候，為了道德，你必須背德。

二戰終結時，格林寫了個劇本《第三人》（*The Third Man*），由好萊塢才子奧森．威爾斯飾演的角色「哈利」詐死，變成消失的第三人。好友來到維也納，卻只發現他失蹤了，仍鍥而不捨追訪他的行蹤，過程中逐漸發現這個從小熟識相親情同手足的老友竟然是一個壞事幹盡的惡徒。當好友終於找到了他，當面質問哈利為何轉行當壞蛋，哈利一派輕鬆微笑：「別發愁，其實事情沒那麼糟，義大利在波吉亞家族統治下，發生了戰爭、恐怖、謀殺及流血，但產生了米開朗基羅、達文西和文藝復興。在瑞士，他們有手足之愛、五百年的民主與和平，結果他們製造了什麼？咕咕鐘。」哈利的�59俗觀點看來，道德的結果就是一只無聊的咕咕鐘，而人們口中的道德不過是一種假意清高的自私，隨時能遭金錢及求生本能所收買。

在善惡二元對抗之中，人們很容易感到厭倦不滿，受到哈利這類似是而非的魅力辯證所勾引。但我認為，格林又幫我上了一堂道德：世界的創造力源於人類的善惡掙扎。在群魔飛舞的亂世之中去堅持善的價值，在眾人流俗的盛世之中去拒絕善的教條。所謂的惡，就是不善，因為善不夠徹底或太過徹底，失去了檢討的能力，僵於形式，因此淪為惡的助力。不僅掙扎於善惡之間，善本身就是一種掙扎。

如果第三人就是置身道德之外的那個人，我以為，不是為了為求刺激而無事生波，而是為了不讓道德變成國王的新衣或權力的藉口，化身咕咕鐘裡那隻固定跳出來報時的咕咕鳥，提醒道德不是習慣，而是不放棄省思的堅持。

島嶼

想像一座島嶼

島嶼，向來是世界的邊緣。

唯有在渴望遺世獨立之際，人們才會想像一座島嶼。

島民也通常對自己的存在感到一股孤寂的慎重感。畢竟，環顧四周，除了他們自己，目之所及，全是大量的海水。

大陸國家之間那種漫長得彷彿沒有終點的人為疆界，如同中蘇、美加之間，既割不斷綿延數百里的山巒與地下流動的滔滔河水，也阻擋不了人類蟻般的流動。住在邊疆的人們天天跨國界，如同過馬路到對街商店那樣稀鬆平常，我早上去賣羊奶，你中午來收款，他晚上去會情人，即使是戰爭時期，只要稍微夜黑風高一點，依舊有膽大妄為者隨時就翻牆過去。

住在島嶼上的人們很難想像如此雜居的狀態。對島民來說，島嶼土地的盡頭就是疆界。再過去，沒有了。

因著海洋這道天然的防衛，敵人不能睡在你家的門口，也不會常有陌生人莫名闖蕩進來，只因要去第三地時必須路過。島嶼本身是終點站，而不是轉運點。島嶼的公路與鐵路自成一個循環，不跟其他土地的交通動線接軌。誰也不用經過台灣去日本，但要從法國去波蘭，你就必須跟德國人打交道。要看見其他人類，島民需要離開這座島嶼；要躲開其他人類，他們只需返回自己的島嶼。如此輕易。海洋，這個忠實的保母，永遠伸開沉默的臂彎，保護著她的子民。

雖然，在這個高科技傳媒發達的全球化經濟時代裡，島嶼早已不是那般與世隔絕，但是島民卻依然比許多其他地區的人民多了份地點偏僻的好處，讓他們得以被世界遺忘——如果他們選擇如此的話。

全球化時代，原本是屬於台灣的時代。

去中心化，所以能以小博大；身分曖昧，所以文化得以衝激糅合；邊界消融，所以挑戰過時的國族主義；人權至上，所以個體生命的價值高過集體主義的教條。

歷史此刻，當共產中國脫胎換骨、重新站上國際舞台，民主美國對台灣不以為然，台灣人悲憤地活在藍綠扭曲的天光之下，如果有人問我，小小台灣對這個世界有什麼意義，我會說，台灣代表了中國的未來，以及，全世界的未來。因為，倘若這個世界真心相信那一整套「世界是平的」的全球政經文化體系，台灣社會有最好的條件去實踐那份重視經濟自由、堅持文化平等的全球化理想。

因為，我們的劣勢就是我們的優勢。台灣社會既國家認同錯亂，又文化身分混亂；沒有什麼至高無上的種族沙文主義，也不曾擁有單一宗教威權。歷史的謬誤、政治的分裂與移民的文化，都讓台灣社會早早理解什麼叫去中心化，什麼叫身分曖昧，什麼叫文化糅雜，什麼叫月有陰晴圓缺、唯有人權不變。法國人仍在假意與全球化運動欲迎還拒時，自身市場規模過小的生存壓力卻早已逼迫台灣商人提著皮箱走遍天下去接訂單、賣產品。

過去，我們不懂全球化，我們就已經活得非常全球化。甚至可以說，台灣就是全球化運動下產生的一個社會。

然而，十年來，台灣卻愈活愈像一塊懸掛於世界邊緣的小島。我們原本就不是世界的中心，現在我們逐漸從世界的地平線掉落。

固然，島內政治對峙導致國事空轉，民進黨政府為去中國化而減緩兩岸交流的速度，同時中國經貿實力突起，全世界極力討好北京政權，只想對麻煩製造者台灣視而不見，但是，主要原因還是因為冷戰結束，亞洲區塊趨向和平，大環境風水流轉，再沒有誰需要我們當反共的堡壘、自由的燈塔或中國文化的替身，台灣曾經因為世界分裂而放大了重要性，現在不過又打回一葉孤島的原形。

島嶼，就島嶼。站在世界的邊緣，又如何。

如果遺世獨立的代價是能夠建立自己喜愛的社會，就算貧窮一點，那又怎麼樣。誰說台灣一定要國際化。

那，擔憂邊緣化的恐懼又從何而來。

從台灣坊間一些流行論述，你會以為台灣反對全球化運動，雖然我們社會從全球化運動獲益良多。過去二十年來，台灣地方意識覺醒，凸顯主體性，讓社會性格發展更完整，草根文化成為社會創造力的來源，政治主權落實於人民，使得台灣成為少數能夠真正實踐民主的亞洲社會。然而，在建構台灣意識時，為了推翻中國國民黨當年未經民主選舉的一黨專政，在當今兩岸關係依然尚未完全達成共識之前維護台灣主權，許多似是而非的偽後殖民論述遂將外來者一律打成不安好心的陌生人及潛在的殖民者，把豐富活潑的台灣文化形塑為一個封閉死板的文化系統，彷彿不喝任何奶水就獨立長大的一匹野狼。

這種態度導致我們對國際語言的不積極學習，對傳統中文的正統擁有權不加珍惜，對白米炸彈客的處境只有主觀的同情而沒有客觀的理解，雖懂得懷疑西方文化霸權卻缺乏知己知彼的批判，認定追求市場自由、讓外資進場就是把自己殖民化的前奏；同時，每當台灣電影在海外得獎、台灣之子在美洲大陸打球、台灣品牌外銷各地、台灣晶圓廠訂單增高時，台灣人又統統把他們對全球化運動的敵意忘得精光。

台灣對全球化運動的刻板理解也反映於我們的簽證管理與移民法規。我們要走出去，卻不讓別人進來。當其他國家限制台灣護照的移動自由時，台灣人都會感到非常憤怒。回頭看台灣政府處理新移民與外籍雇員的種種政策，更令人覺得不可思議，像是外籍新娘必須要有超過台幣四十一萬的財力證明才能辦理身分證，像是國際專業人才來台工作困難重重，就算來了台灣，即使是大學任聘外籍教授，也要接受每年定期愛滋病檢驗等充滿歧視性規定。種種排外法條，檯面上不見任何異文化族群活動，使得挪威極右殺人魔布里維克（Anders Behring Breivik）盛讚台灣是個成功的民族國家。

台灣社會口頭上質疑西方強權國家，排斥中國大陸，實際上，我們卻對美國、中國、日本三國以外的國家都興趣缺缺。台灣既不關心緬甸人，也不關心印尼人，對同是高科技產業發達的印度充滿偏見，對韓國人只有競比的敵意，也搞不清楚法國其實比他們願意公開承認的更全球化，從二十世紀初開始，巴黎早已屬於全世界，裡頭住滿了外國人，法國是擁有最大回教族群的歐洲國家。

種種不合情理的政策法條與自相矛盾的文化觀點，全都包在反全球化的大衣之下。世界各地的反全球化運動者提供了反省的聲音，但組成分子龐雜，包括國家主義者、嬉皮、搖滾歌手、環保人士等，他們暫時沒能提出另一套更有效的經濟法則，目前僅以反全球化來概括他們的身分。反對，是重要的批判力量，點醒主流價值的陷阱，修正現行體系。但，事實上，即便是反全球化運動本身也是某種形式的全球化運動，而今，舉凡世人關注的議題如環保、人權、能源等，皆必須跨越邊界，全球串聯，共同行動。新的世界裡，無人是真正的孤島。

在台灣，因為長期遭國際社會排擠，而產生了自卑心態與忿怨冷漠，因為仍與中國在歷史宿怨與文化血緣均糾纏不清，因為島民性格，因為誤認世界主義與本土意識不能並行不悖，因為害怕全球化競爭的直覺，於是合理化了市場保護主義、大台灣文化主義與國家民粹主義，截斷了台灣社會的全球化步伐。

是，全球化時代可以是台灣的時代。

然而，如果台灣堅持做一個遺忘了世界的小島，那麼，遲早，世界也會遺忘了我們。

台灣，你要往哪裡去？

台灣想要轉型。晶圓代工業失去競爭力，金融業落後鄰近國家，人才流失但國際人才進不來。因著市場規模小，很少自創品牌，缺乏經濟硬實力，於是開始談軟實力，認為只要加上台灣兩字，已自動文化加值，所以也就不必再討論社會升級。

當全世界均活在「後」金磚四國時代，台灣還在談亞洲四小龍，夢想著用文化觀光來拯救經濟，文化要變成文創產業，庶民夜市背負觀光重責。面對港澳、大陸、新加坡，一面擺出文化指導者姿態，一面喃喃自語：台灣不想變成下一個香港，不要成為下一個新加坡。想要變成北歐福利國家，但缺乏他們的天然資源，如何打下財富基礎？

過去十年，台灣發展的最大阻礙一直都是基礎建設。基礎建設是國力的根基，決定社會進步的速度。當其他國家建設城市，保育鄉土，完善法規，有了光纖網路、現代化機場、娛樂運動設施，打造國際商業環境；台灣每晚收看自家電視節目，任名嘴口沫橫飛，誤認臧否人物就是社會批判，自我感覺良好。

在台灣，基礎建設很難好好討論，因為基礎建設長期沾染官商勾結色彩，與地方勢力糾葛不清，難獲大眾信任。民主時代裡，從建路鋪軌到文化產業，各類政府工程承包過程決策依然不透明，最近林益世一案，再次強化了社會懷疑的正當性。

台灣基礎建設還有另一迷思，即建設代表了開發，更新一定是拆遷，因此寧可不建設，至少不破壞。然而，為了環保，國土規畫比以前更為重要。建設意即政策、管理和法令，包括保育，適度使用自然，節約能源，讓生活機能更具效率。譬如核能存廢，日本福島核災殷鑑不遠，台灣卻沒能藉機全面檢討能源政策，只是縮起脖子，繼續現行模式。又如台灣水管老舊，從自來水廠到各戶人家途中，至少流失一半水量，因著選舉壓力，擔心老百姓抗議漲價，多年來始終不見認真討論。就某方面來說，馬祖爭取博弈，未嘗不是因為厭倦了基礎建設長期薄弱這件事。

是的，真正令人焦慮的並不是台灣要往哪裡去，而是社會至今仍無法聚焦，空有民主，卻不能擁有誠懇公開且結實的討論。雖然意識到瓶頸，舉辦了各類研討，菁英思維與權力結構卻依然故我二十年。時代差異未必是世代之分，但換時代，就要換腦袋。每個時代面對的挑戰都不同，社會渴望的順序排列也不同。對目前時代來說，環境保護、食物安全、全球生活、資訊革命、能源政策、老人福利、教育資源等等議題，其危急感絕對蓋過政黨鬥爭與個別政客生死的相關話題。

我們在小枝節上頭憤怒，嗆聲；卻在大原則之前鄉愿，噤聲。每天浪費傳媒版面在無聊瑣事，浪擲社會能量在廉價正義，卻對艱難議題碰也不碰，視若無睹。夫妻要反目，請為了廢核或廢死，而不是陳水扁或林益世；朋友要吵架，請為了移民法與金融法，而不是親中或反共。因為，社會一定意見不同，但仍有一個價值框架是我們大家的底線，那就是台灣的前途，所有人的集體利益。

台灣想要轉型，基礎建設必先升級，不容再用大陸作家韓寒一篇文章來自我安慰。文雅有品質的生活，需要經濟實力，更需要堅實的社會建設，作為躍入未來的跳板。

受害者社會

大選逼近，我在自家台北當名三流觀光客。

市政府隔壁，基隆路一邊是君悅飯店、台北一〇一和信義區，另一邊開始一排排舊樓，騎樓陰暗髒汙，門廳間間缺乏保養，一副凋敝失修。由中山堂經衡陽路、重慶南路往台北車站，許多商店鐵門深鎖，不做生意已久，老舊電線外露，滴著雨水，牆角、天花板、門縫、窗台均積陳年塵垢，老人婦女擺攤，臉色枯萎面對車水馬龍。難以想像，這些街坊是市中心，房價嚷得震天高。

我遇見許多人都在擔心抱怨。連任多次的立法委員訴苦在立法院無法執行理念，仍要大家跟她上街；大學教授擔憂政黨輪替，一再影響他的國科會預算和研究方向；企業主管憂心退休計畫，公司卻在裁員減薪；計程車司機不再談論政治，像精神病患坐在方向盤後自說自話；商人患躁鬱症，文人有憂鬱症。當我從天母東路爬上東山路，一名相貌堂堂的三十多歲青年泊了他的日本車，西裝革履蹲在路邊，朝空中不停罵髒話，每吋肌肉均因氣憤而顫抖。打開電視，更多焦躁臉孔一直張口說個沒完，那些話語一時很難聽懂，只知都在罵人，羞辱對方也遭對方羞辱。

在台灣，奇異的是，民主竟沒有讓個體覺得有力量，反倒讓更多更多人覺得無能為力。處處都是失望的控訴，當面不客氣的嗆聲，互潑語言暴力；所有人都在觀望，投資裹足不前。

台灣逐漸變成一個受害者情結很深的社會。因為不脫人治性格，不信任、不習慣也尚未打算全面進入法治，依然缺乏公正不認人的透明制度，仍舊依賴圈子做事，民主選舉便帶來社會資源分配的不確定性，於是影響所有人對未來的穩定感。台北市容就像對未來沒期待、不相信事情會有轉機，因而放棄了自己的一個人，從此不洗澡、不修臉，不打掃居家環境，萬事都隨便，因為做什麼都沒用。公寓任其老舊，同棟住戶不會像其他城市集體出錢翻新大樓，因為沒人想投資，大家都覺得很窮。就算貧窮，也能打掃。公共區域卻任其骯髒，因為日子辛苦，實在顧不上自己生活以外。房價卻一直飆高，因為很多人把爛房子當彩券，願賭意外的財運，不賭可靠的將來。

台灣的國際廣告，不是宣揚經貿、展示古蹟，不是炫耀風景，而是剪接無數台灣人臉孔，然後說「Taiwan, Touch Your Heart.」（這裡文法是祈使句，因此不能解釋為「台灣觸動你的心」，而是「台灣，請你觸動你的心」。）我們的賣點是「人」，彷彿對自家社會優點毫無信心，認為除了個體的友誼，實在沒有其他亮點可以提供給別人，像是歷史遺產、美麗街景或是都會活力。

我們請求別人不要為我們的外貌所惑，要看穿那些（我們很少費心投資的）表象，知道我們「其實很精緻」，因為我們都是「好人」，用「文化」招待客人。種種訊息都在要求別人跨越屏障去理解我們，雖然我們的城市會歧視外勞跟新移民，冬夜想用水柱驅趕遊民；然而，即便中產性格如此深重，卻不扎根投資孩子的前途。我們想要「野蠻的驕傲」，又不甘願過著有尊嚴的貧窮生活。我們要國際社會傾聽，結果電視鮮有國際新聞，也不關心全球議題。

我們耽溺創傷，表達不滿，卻無人想要治癒這個社會。人人爭當受害者，其結果就是一個無人願意負責的社會。燃起批判的火炬，是為了照亮黑暗角落，正視社會現實，所以可以動手整理，不是為了交相指責，爭奪資源。

該捲起袖子了。該由人情潛規則邁向公平原則，該是投資台灣的時候了。

賀詩曼的嗆聲預言

整塊台灣島已經「賀詩曼」化。

美國經濟學家艾伯特．賀詩曼（Albert Hirschman）在一九七〇年寫了一本雷霆萬鈞的薄書《出走，發聲與忠誠》（*Exit, Voice and Loyalty*），解說一個企業、國家、黨派或任何人類組織的競爭力向下滑落之際，其顧客與組織成員將有兩種選擇：一是「出走」，即離棄，顧客放棄購買該產品，黨員退黨，人民移民；二是「發聲」，即抗議，也就是台灣現近流行用詞「嗆聲」，試圖使用溝通手段迫使組織革新，像是找上店長抱怨餐廳服務、上街遊行或向媒體爆料。

出走是一個沉默的經濟選擇。就是亞當．史密斯（Adam Smith）所說的市場那隻「隱形的手」，顧客選擇上別家買豬肉，台商跳岸到大陸投資，學生轉學到其他地方讀書，電視觀眾轉台，在自由開放的社會裡，生產者與消費者都有權自我抉擇，也就是陳前總統所說的「太平洋又沒加蓋，認為中國好就游過去啊」。在一個全球化時代，一個人必須承認陳前總統的觀點有點道理。

發聲則是一個自覺的政治選擇，顧客或人民沒有放棄現存體制，而積極表達批評的意見。出走只是提示組織墮落的警訊，發聲卻會說明組織墮落的原因。人們決定抗議而不是出走，其中，「忠誠」扮演了關鍵的角色，因為品牌認同、愛國主義等情感因素，原本應該離開的顧客或人民卻留了下來，期待透過自己的發言，扭轉乾坤。

但是，嗆聲也可能是出於無奈。出走與發聲之間是蹺蹺板的上下關係，出走可能性愈高，愈不需抗議。富裕的社會裡，個體隨時能負擔移動的代價，走了就是了。在第三世界開發中國家裡，個人的出走成本過高，比如就業市場低迷，對公司不滿的職員不能任意跳槽。而，面對中國日日高升的經濟實力與台灣市場規模的發展限制，能去大陸工作投資的人差不多都去了，剩下的是阿珠、查理這種沒有能力游過太平洋的小老百姓，他們只能寄望現狀改善。

民主制度的設置原本就是為了容納嗆聲的存在，讓不同族群與個體擁有通暢的管道與法定的權力說話，藉此消化社會各層面的不滿，調整政府政策的方向及執行。抗議愈能被聽見，體制法令就更能被有效地修補。

在許多極權社會裡，如柏林圍牆還沒有拆除的東歐共產國家，統治者其實希望這些愛講話的異議分子離開他們的社會，從此流亡，不要回來。而那些身體不能出走的人們忌憚於統治階級的淫威恫嚇，不敢大聲說話，於是消極地避開社會參與，裝作他們與社會上正在發生的一切都無關。人還在，心理上卻已經千里萬里地遙遠。心理上的出走，即是政治冷感症候群，到了民主社會就是低投票率。

看見二十一世紀的台灣活在一本寫於一九七〇年的書裡——雖是經典——還是叫人驚心動魄。天底下沒有新鮮事，原來台灣的命運轉折法則早已被先知賀詩曼寫進書裡。

社會鼓勵不滿群眾盡量出走；唯一，有個市場變數，即最重視品質與忠誠度最高的顧客其實會變成最活躍最有創意的嗆聲分子，在品質低落、社會沉淪之際，他們不但不離開，反而會積極尋找各種機會突圍，尋求出路，就像解嚴前的所謂黨外人士。因為，市場或許理性，活動其中的人類可從來不理性。

被遺棄的社會

危機發生，社會體質馬上受嚴格考驗。二十世紀末，「全球化」詞彙流行之後，慣常用來區分國家，一類全球化國家，另一類非全球化國家，後者只能被動遭資本劫掠然後淘汰。富者更富，窮者更窮。但，看一眼歐元區危機，又得出另類分法：扎根型社會，與出走型社會。兩類社會的差異表現在市場對其未來的信心。然而，社會是否容易遭遺棄，跟統治菁英與人民經營自身社會的態度有關，國際資本只是藉形勢獲利。

扎根型社會其實不懼危機，即便發生政治地震、金融海嘯或自然風災，市場遽然下滑，卻不影響長期投資的意願，因為相信這個國家不會突然從地圖上消失，就像戰後的法國、深陷債務的美國、福島核災後的日本，人們信任這些國家會由谷底反彈，只是時間問題。企業設總部，個體安家於此，所有人在世界各地賺了錢，都會設方想法把錢匯過來，讓孩子註冊就學，自己規畫退休。

很多貪官汙吏毀了母國經濟之後，都知道要去瑞士開戶頭，到澳洲買房產，入籍加拿大享受醫療福利，因為相信別人家體制健全，前途穩定。而他的社會慘遭遺棄，就從他開始，國際投資客只是追隨他的腳步。

出走型社會裡，人們因為出生而住在當地，很少自願移民定居，菁英階級大多受外國教育或領外國護照，只留一腿在當地，利用優勢撈錢掌權，鞏固家族利益，政府不受信賴，法治無法落實，依靠人治，政商勾結，貪腐見怪不怪，逃稅乃民間默契，上上下下都對社會不滿，喜愛彼此咒罵，卻不願通力合作改善現狀，遵守「日頭赤炎炎、隨人顧性命」的生命信條。這類社會最易受天災人禍影響，稍一風吹草動，社會財富立刻大搬風，人才外流。二〇一〇年希臘國債危機一發生，資金即大量出走，連民眾也在提款機前排隊提領歐元，年輕人稍有能力便移居天涯。希臘政治領袖均有家族背景，首相英語講得比希臘話還好，他們的有錢人從十九世紀開始就習慣跟國外強權合作，包括二戰期間的納粹政權。

出走型社會抱怨自己長期活在其他強國陰影下，人民對母國的不信任感以及缺乏承諾才是社會遭遺棄的主因。國家前途不穩定，像藏在雲霧裡的島嶼，時隱時現。今日這個國家在，明天不知道在哪裡。跟公司一樣，如果消費者覺得這家公司說倒就倒，老闆容易跑路，當然不會首選他家產品。這絕對是惡性循環，因為認為母國沒前途而不押注自己的未來，把故鄉當作搖錢樹，只負責摘果子，卻不施肥，無論賺多少錢，財富永遠不會留下。沒有投資，沒有建設，更不可能有未來。全球榮景，跟著笑呵呵，全球一不景氣，這類社會首當其衝，因為大家都想把錢儲放在安全一點的國家。而會留下來的便屬於掠奪型投資者，專圖短線暴利。中國即使致富了，卻仍屬於出走型社會，每天仍有大量菁英帶著財富跟孩子外逃。而長期活在中國陰影之下的台灣，縱使自然資源不豐，仍為一代代菁英與他們的家庭製造了豐厚財富，提供了他們社會地位與文化影響力，卻沒能替自己轉型成精緻而富裕的第一世界國家。

保護政策並不能防止社會不遭遺棄，反倒加速社會遭徹底遺棄。社會如何跳脫遭遺棄的命運，真的只能靠集體覺悟，菁英反省己身權力與責任，企業不把母國當作跳板、而是基地，每個公民都積極工作付稅，保護國土環境，健全法治，鼓勵競爭，打破各式壟斷，使社會變成人人都想前來安居立命的應許之地。

全球化時代裡，流動已成常態，各國拚的已不是變成所謂全球化社會，而是努力不讓自己變成出走型社會。唯有扎根，才能欣欣向榮。

給五十歲以上的台灣人

我一直想寫一篇文章叫做「給三十歲以下青年人的一封信」，因為我覺得基本上在台灣過了三十歲的人（包括我自己）因為成長經驗與感情包袱，大抵很難不被捲入文化認同、政治意識形態與社會族群網絡的混戰之中。魯迅當年拿整個中國醬缸文化沒辦法，他就搬出一套寄望孩子的說法，我的念頭類似，有點想倚老賣老，寫封信給三十歲以下的年輕人，期待等他們成熟，台灣社會自然會一片榮景，社會與國際接軌，發展經濟也注重環境保育，多重文化認同，遵循理性法治。

我以為，時光流轉，生死交替並行，每一個時代都有它的時空背景，每一代人都有他們該做的事情。蔣中正、毛澤東有他們之間的恩怨跟各自對中國的政治觀點，但是他們都沒有活到柏林圍牆倒下來的那一天。

時間，會替人類解決很多有生之年看似無解的問題。

然而，這陣子，我最常聽見的問句卻是台灣是否已經過了那個從富裕社會轉為貧窮社會的轉捩點，且完全無力回天？我希望不是，但讀到及聽到的資訊都告訴我，是的，台灣已經過了那個轉捩點。這使得我警覺到，可能等不到三十歲的人接位，這個社會早已沉淪到無以挽回的貧窮狀態。這封信，因此不該寫給三十歲以下的人，而應該寫給五十歲以上正在掌權的社會菁英。

你們現在所作的一切決定，無論大小，都是台灣未來發展的基石，你們的孩子跟你們的孫子將活在你親手建構修補的制度之下。你們透過擴音器說了什麼，你們最好自己也相信，因為你的子孫未來活在富裕的第一世界或貧窮的第三世界，取決你今天（不是明天也不是一個禮拜之後，就是現在）的決策。他們沒有選擇，缺乏社會資源，無能反抗，只能盲目信賴你會跳脫自己的私心，暫時不去想自己的歷史地位或豐厚的退休金，用最大的理性與責任心替他們做最好的決定。

目前台灣社會最弔詭的地方就在沒有人覺得自己能為社會負責，包括握有權力的人。從總統、民選代表、地方首長、傳媒名人到市井小民都在嗆聲，人民怪政府，政府怪政黨政客，政黨政客怪媒體，媒體怪觀眾，怪完一圈剛好三百六十度回到原點，責任都在別人身上，自己都是無辜的受害者。

生在一塊自然資源不多的小島上，生存的焦慮感原本是向前進步的動力，就像新加坡，因為強敵環伺，國家沒有資源，連用水都要向關係緊張的馬來西亞借道，因此新加坡戰戰兢兢，更拚命要作好。台灣看似無盡焦慮，卻沒有轉化成一股向上的正面力量。當亞洲其他國家交出亮麗成績，韓國品牌橫掃全球，泰國曼谷機場驚豔世界，中國躍居亞洲經濟龍頭，越南成為國際資金的新焦點，台灣卻耽溺於古早泉漳械鬥的原始情緒之中，成天坐在電視機前唉聲歎氣。

一個所謂的富裕社會，重點不是要一下子富起來，而是如何持久地富足有餘。台灣這幾年嚮往北歐社會模式，北歐社會的崛起固然跟自然資源有關，譬如挪威的北海石油，然而，拿著這些來自石油的財富，挪威非常謹慎地在全世界投資，使之增值，同時謹守道德投資，不投資他們不認同的企業，成為道德與透明度的榜樣。通過財富的投資與管理，他們為下一代規畫了一個安全、安定且寬裕的社會環境，讓他們的國家有條件繼續富強下去。

很多社會細節，不過是當下決策者的一念之間，就能影響歷史深遠。不要再跟下一代喊話了。請看看你們手中的權力，問問自己能做些什麼。

台灣的前途，就從這一刻開始倒數。

金錢

都是藍眼睛白皮膚的錯

巴西總統魯拉盛情招待了英國首相布朗。餐敘之後，興致不減的魯拉對著媒體說，「這場金融危機乃由藍眼睛白種人的不理性行為所引起，危機之前，他們看似對經濟什麼都懂，現在證明了他們什麼都不懂。」棕眼白膚的布朗站在旁邊，局促不安。

魯拉緊跟著宣稱，他這輩子不識「一個黑皮膚或原住民銀行家」，如同他的政治同儕中國總理溫家寶、俄國總統普丁，他高聲指責西方社會造成此次金融危機，卻讓貧窮國家來承擔苦果。

二〇〇八年G２０二十國峰會舉辦前夕，魯拉的這番發言與其說跟種族歧見有關，還如不說跟兩個世界有關，即富人世界與窮人世界；已開發國家，開發中與未開發的國家。

的確，即使經過了整個二十世紀的戰亂重組、移民遷徙與文化反省，西方已開發國家過去與現在的社會菁英多數仍長著藍眼睛白皮膚，他們在自己社會與其他社會都享有許多不言而喻的隱性優勢，即使在一個極度政治正確的友善環境裡，人們還是會不自覺優先雇用白種員工而不是黑人，買封面是白種長腿模特兒而不是亞洲平胸女明星的雜誌，店家會先服務高大的白種顧客而不是矮小的深色人種，海關很少攔下白種男性卻愛刁難南亞男子。全世界的成年人以能閱讀莎士比亞為榮，以自己孩子能閱讀哈利波特為喜，跟白種人做了朋友就覺得自己國際化，見了東南亞新娘只是很謹慎地點頭招呼。

說穿了，這些看似跟種族掛鉤的文化偏見，不過是對經濟實力的諂媚反應。膚色，某種程度代表了金錢的顏色。夾帶了過去歐洲殖民時代遺留下來的社會印象，人們看見白種人或代表了白種人國家的護照，就先入為主地認定對方比較有錢。而今，中國觀光客到處撒錢旅遊，很多區域人民覺得刺眼，暗罵暴發戶，卻也學說中文，對他們微笑。法國人就很惶恐，因為歐洲人一直視為自家後院的非洲大陸在中國近年來的經濟影響下，如今拋棄了老殖民主子的法文，大量改學中文。

巴西總統魯拉終於說話這麼大聲，中國提議國際新貨幣，無非都是因為經濟實力逐漸增長，自我感覺不錯。尤其此次全球金融危機爆發，從美國本土開始延燒，已開發國家個個兵敗如山倒，人民失業的失業，企業倒閉的倒閉，銀行關門的關門，政府手忙腳亂，花錢救市卻不見起色，徒把一堆銀行莫名其妙國有化。以往頤氣指使，而今狼狽不堪。

開發中國家原本好整以暇，將這場危機解釋為已開發國家式微的跡象、西方文明將要衰落的前兆，認為是國際勢力消長的歷史時刻。直到美國民眾停止消費，亞洲四小龍出口幾近停擺，許多中國工廠收不到訂單，民工大量失業；法國想把工廠遷回本國，導致新歐洲國家抗議貿易保護主義；全世界才警覺到，我們所活著的年代全球化之深，居然，再沒有誰能隔岸觀火。

金融危機發生至今，有些人認為市場本來就有景氣循環周期，榮衰乃市場生理現象，市場本身即有調節機制，強迫弱體質企業盡快調整，政府出手去救反而延緩了市場自行修補的速度。依此思維，歷經ＡＩＧ紅利醜聞之後，歐巴馬政府最後放手讓通用汽車破產，不再搭救。

也因此，起初認為美國即將拱出大國地位的人開始轉變想法，認為西方社會及早爆出金融水痘，反能盡快重整金融秩序，浴火重生，未來會更好。相對地，中國等開發中國家因為沒有危機，反而像溫水煮青蛙，錯失了調理金融體質的時機。

危機還是轉機，目前仍算是經濟龍頭的已開發國家都有責任穩定全球金融秩序，而開發中國家除了見獵心喜，更應乘機檢視自己的金融體制，把握歷史時機，迎頭趕上。畢竟，在台下鼓譟總是容易，把主角轟下台之後，便要證明自己真有當家花旦的能耐。

天外飛來一隻黑天鵝

全球金融危機發生這麼久，世人還是不太清楚發生了什麼事。

曾是股市操盤手、現今專業學者塔勒伯（Nassim Taleb）提出黑天鵝概念，形容人類始料未及的突發事件。看似不可能發生卻發生了，且影響深長。生活在舊歐洲的人類從來沒看過天鵝身上長一根白色以外的羽毛，因此得出天鵝必定是白色的結論，直到破浪航行至世界另一端，登陸澳洲，眼前赫然出現一隻漆黑如夜的天鵝；頃刻，天旋地轉，習以為常的世界受到強烈撼動。

黑天鵝事件往往出乎意外，衝擊力大。例如紐約九一一事件，Google的巨大成功。例如，二〇〇八年秋天發生的全球金融海嘯。一夕之間，一串本來讓市場這隻看不見的手串得好好的珍珠項鍊，啪地一聲斷了線，大珠小珠撒滿地，狼狽亂滾，百年銀行說倒就倒，老牌企業說關就關，各國失業率飆高，銀行不借錢，消費者不花錢，市場冷颼颼，宛如世界末日。所有政府推出救市計畫，令未來世代大量負債來保住自己這代人的飯碗與退休金。全部人都被這隻不知從哪裡冒出來的黑天鵝嚇壞了。

經過一個春天又一個夏天，市場終於幾乎回到「雷曼兄弟嚇克」（日本人語）前的景象。黑天鵝飛走了，水波無痕。美國總統歐巴馬甚至在演講中稱讚起自家團隊，認為他們完成了不可能的任務，成功救回經濟，彷彿忘了他們在恐慌中莫名其妙花了納稅人七千億美元，如今不知流向，只為了救那些依據資本主義邏輯就該讓他們自行倒閉的企業。

愈來愈多人卻傾向同意市場這次其實並不是黑天鵝事件，而是一個市場信貸過熱遭遇泡沫化的正常循環。與過去經驗的最大差異恐怕來自此次循環來得如此快，市場反應如此寬。但，因為我們活在一個快速的年代裡，網路科技尤其加強了漣漪效用。當某市場消息釋出，透過各式科技，瞬間傳遍世界，引起共同反應，進而影響了全球總體市場。

更大部分人把市場不理性歸咎於人性貪婪。但，人性貪婪並不是天外飛來的一隻黑天鵝。市場看似不理性，卻是一連串人類理性決定的結果。機構、企業或投資者各自決策，以自私出發，詳加考慮過自己可能獲致的利益之後而在市場追逐他們理性認定的目標。好比，理想狀況是人人避免開車汙染空氣，但考量自身情況後很多人還是選擇開車，即使造成都市空氣嚴重髒汙。這時便需政府介入，替集體利益規範個人行為。同樣，為了鼓勵業績，金融機構一定會採取紅利制度，政府應加入討論如何完善紅利條件，避免金融主管追求短期紅利而導致機構倒閉，影響社會整體經濟。

一年之後，美國紀錄片導演麥可・摩爾（Michael Moore）挑了再完美不過的時機發表新作《資本愛情故事》（*Capitalism: A Love Story*），他搖著他那只天鵝豐臀，再度上路去敲各家企業大門，追究發生了什麼事，錢都去了哪裡，一度，他追著華爾街銀行家匆匆離去的背影討答案，被反嗆一句，「不如你少拍點電影如何？」

麥可・摩爾不可能不拍片，金融人士不可能不追逐金錢，各有日子要過下去。電影如何拍得更好，觀眾都有意見，離開戲院時人人都是影評，大罵女演員怎麼不夠漂亮，編劇多麼幼稚離譜；金融經濟如何作得更好，因為這中間牽涉了看似深奧的「專業知識」，社會大眾往往膽怯茫然，不敢置評，於是銀行賺錢是「他們」厲害，但銀行不賺錢時居然卻成了「我們」的事。

如同否認左派右派標籤、只承認是異性戀基督徒的麥可・摩爾所說，這非常不資本主義，也很不民主。不僅對老百姓不民主，對未出生的孩子更不民主。這種做法不叫救市，而是把私債變成公債，由所有人來承擔單一企業的失敗。

資本的創造包括了痛苦的學習。黑天鵝總會飛回來，只能有所準備，降低震撼。

當資本之神從高空墜落

德國第五大富豪梅克勒（Adolf Merckle）臥軌自殺。這個騎腳踏車上班的企業家白手起家，擁有一百二十間公司，雇用十萬員工。自二〇〇八年全球進入金融危機，七十四歲的梅克勒投資失誤，不斷與銀行商討信貸還款的期限與方式，仍舊無法阻擋他的企業王國走上解體。

金融風暴發生以來，梅克勒不是第一個選擇自殺的資本家。二〇〇八年十二月初，華爾街大亨麥道夫（Bernard Madoff）爆發驚天金融醜聞，導致貴族出身的法國資本家德・拉・維耶伊榭（Thierry Magon de la Villehuchet）損失了十億美元的客戶錢，把家族資金也賠了進去。聖誕節前三天，德・拉・維耶伊榭把自己鎖在二十二樓高的曼哈頓辦公室裡，吞了安眠藥，用美工刀割破雙腕，追求完美的個性還讓他用垃圾桶接住自己的鮮血，以免玷汙地毯。

危機爆發之前，這些在市場上呼風喚雨的人物猶如住在奧林匹斯上的希臘神祇，個個俊美有力，高不可攀，而今卻墮成脆弱凡人，不堪一擊。

頃刻，我們所活著的這個時代又變了個樣。曾經，神奇數字漫天飛舞，財富累積超乎想像，四處可見背後插了黃金翅膀的資本家、企業家、銀行家，宛如傳說中的神話生物恣意飛翔。人類沒有了上帝，金錢成了宗教，那些成功資本家就是這個信奉鈔票的時代的小上帝，他們的成功故事就是這個時代的成功故事。不過短短幾個月，我們卻已來到一個眾神倒塌的時代：企業破產，銀行倒閉，華爾街大亨其實不過詐欺犯一個，跨國的上市高科技公司卻爆出做假帳多年。

如果他們的成功曾經是我們時代的成功，他們的失敗也代表了我們時代的失敗。

這可能才是驅使那些資本家真正走上絕路的原因。因為他們曾經相信了這套制度，在制度裡力爭上游，並得到獎賞。他們是這套制度的信奉者，也是鼓吹者，身體力行，維護遊戲規則，駁斥任何質疑。到了他們的晚年，卻遇上了如此艱難的信仰危機，實在難以承受。

許多識者指出是貪婪使得我們的時代演變成今日的局面。不錯，資本主義確是以貪婪人性為主要驅動力，拿金錢的渴望當作社會燃料；然而，貪婪是基本人性，任何制度大概都免不了人性的侵蝕。

我以為，此次金融海嘯裡，真正受到考驗的不是我們那早已無可救藥的人性，而是人們的信仰與生活方式。現代人大多不信神，家庭關係鬆散，友誼深淺難定，身分隨時變動，對多數人來說，工作才是新宗教，工作倫理則是新的社會道德。人們長時間相處的對象不是親戚，而是同事；天天效忠的對象不是國家，而是公司。工作界定人們的生物活動範圍，決定人們的日常生活內容，劃分人們的人際圈子。工作表現代表了成就指標，升等加薪會增強自我信心，降級失業則是人生困境，工作的失敗往往對等於人生的失敗。

對德國梅克勒、台灣白文正這類工商之神來說，工作就是一切。工作定義了他們的人生。沒有了工作，就沒有了生活的目的，也沒有了生命的意義。

同時，我們的確也活在一個由金錢堆積起來的環境裡，並不是說人們只向錢看，而是地表上多數人都活在一個高度都會化以及精密機械化的環境裡。我們不自己打獵，不種菜，不汲水，我們靠的是一張張紙鈔，去換取能夠維持我這個人生命機能的基本物質。南非作家柯慈在小說《麥可・K的生命與時代》裡描述一個非洲人不能理解自由的天空、遼闊的原野以及天然的洞穴如何變成禁地，原本自然資源唾手可得的生活空間因為戰爭、私有財產制、國界而對他設下重重障礙；反之，習慣生活工業化的都市人卻難以想像身無長物活在世上的狀態，如果，沒有了銀行帳戶，沒有了公寓和源源不絕的熱水，一個人怎麼活。

緊接著金融危機，是人們的信仰危機。人們對人生的想像、與以此憑據而建造起來的生活方式與社會規模，將會是這幾年需要關注的人類議題。

肥貓銀行家的哀歌

澳洲首富凱瑞．帕克（Kerry Packer）生前最愛去一間義大利餐廳「馬基維利」。與寫《君王論》的義大利思想家同名，「馬基維利」位居雪梨市區，看似尋常食堂，卻向來是澳洲權貴圈子的展示場。除了帕克，媒體大亨梅鐸、澳洲前總理霍華等人均是常見面孔，若從餐廳訂位登記簿列出一張貴客清單，然後把這份名單稱作「澳洲最具影響力的百大人物榜」大致上也不為過。

許多年，「馬基維利」餐廳永遠保留一張餐桌給帕克。一年三百六十五天，無論他來或不來，這張聲名遠播的「帕克的餐桌」恆久像個忠貞情婦癡癡等著他來用餐。

到了上個世紀的九〇年代，全球金融業暴紅，股票投資忽然成了民生焦點，西方銀行新貴順勢崛起，澳洲麥格理銀行甚至得了個綽號叫「百萬富翁工廠」。

這些身穿暗色西裝、領帶保守的新富豪，成天拎著電影《型男飛行日誌》（*Up in the Air*）宣揚的輕便行李，渾身掛滿手提電腦、手機以及後來的黑莓機，占據機場貴賓室，住進各地五星級旅館，漫口IPO、賣空、對沖基金、結構產品、ETF、ABS、CDO等術語字眼——平常老百姓聽都沒聽過、就算經過解釋還是聽不懂——彷彿巫師念咒，無中生有地變出一堆除了他們以外沒人真正理解的「金融產品」，全球錢潮因之迴流漲落，電腦螢幕天天跑馬燈似地跑著古人前所未聞的天文數字，突然，這個世界熱錢滾滾，處處找投資管道，銀行家變成一項性感職業，一下子打造了一群嶄新的無名富豪。

某天，帕克照常隨興走進「馬基維利」餐廳，以為那張桌子仍天荒地老那般等著他。不料，餐廳領班居然快速上前，擋在他和那張桌子之間，面帶遺憾，語帶惋惜，解釋他慣常的桌子已經有人坐了。世界改變了。一群投資銀行主管正在「他的」桌子大啖美食。

那一刻，象徵了舊錢與新富的歷史性逆轉，也間接見證了投資銀行業的鼎盛風光。

九〇年代後冒頭的這批全球銀行新貴與帕克那等舊式大亨有點不同。以往富豪大多是製造業、鋼鐵業、砂糖、房地產等傳統產業出身，事業等同其人，譬如王永慶就是台塑、台塑就是王永慶，具強烈個人風格，人的因素依舊強烈影響事業體的走向與發展；即使是舊式金融大亨如帕克、巴菲特，也均沾染個人傳奇色彩，總有許多故事圍繞著他們的出身與奮鬥的過程，人們津津樂道討論他們的經營風格、用人哲學、人生態度，想要找出他們的成功祕訣，加以學習模仿，期待自己有天能跟他們一樣致富發達。

相比之下，占據帕克桌子的新一代銀行新貴顯得淡而無味。他們有點像罐頭成品，意思是帶著工業製造的一致性，品質控管，成分統一，面對世界的相貌也大同小異，企管碩士背景、跨國銀行思維、大企業主管性格，他們就讀大同小異的學校，閱讀同一批書籍雜誌，關心同類社會議題（絕不是中國人權問題），去相同的高級度假地點，參加類似私人俱樂部（如香港俱樂部），累積差不多的人脈，總是不斷在開發「新項目」。

這類銀行新貴大多俗稱為「投資銀行家」，自命金融工程師，金融危機之後，街頭渾名「肥貓銀行家」。他們不真正做投資，平常也不管理資產，他們事實上如同廚房裡的廚師，烹調金融食品供客戶享用，但他們並不吃自己所準備的食物。他們不用冒險，他們其實是銀行雇員，像一支組織良好的軍隊，廝殺全球金融沙場，又似一群躲在官僚制度背後的技術官員，倚賴教育文憑、專業知識與企業術語，老式銀行家所相信的直覺與定規很少出現在他們身上，事實上，他們也不被允許依個人衝動行事。他們認為自己如同法國藍帶廚藝學院的高級廚師，但，現實生活裡，他們更像開漢堡店的廚子，不斷調配金融產品，好快速賣給櫃檯前的客戶。二〇一〇年四月二十七日出席美國參議院公聽會的高盛主管們就是新興投資銀行家的翹楚代表。

有錢之後，這些銀行新貴享受財富的方式也與老式富豪不同。股市大亨巴菲特畢生狂熱工作，財富算是工作的副產品，即使發達之後，巴菲特依然把自己生活搞得很無聊，天天起早工作，老不言退，一副至死方休的態度；而這些銀行新貴變身百萬富翁之後，開始想像自己一點都不如外界所認為的無趣冷血，其實浪漫多樣且創意十足。他們培養嗜好，在全球各地置產，不斷旅行，早早談退休第二春，在上海玩賽車，去印度寫小說，到倫敦買藝術，往法國南部買莊園釀美酒，選泰國偏遠海灘開旅館，住北京搞搖滾樂，在在為了證明其實他們也熱愛生活，懂得品味人生。對他們來說，上《福布斯》雜誌封面還不如上《浮華世界》封面來得有趣。

如果帕克的桌子給了這些名不見經傳的企業銀行家的那天，標示了一個金融新富時代的開始，那麼，二〇一〇年四月二十七日美國參議院公聽會就像吟唱這個年代的末曲——如果不是結束，至少也是一種停頓，也許沒落。

性，謊言，錄音帶及總統先生

巴黎人喚作「貝登古事件」（L'affaire Bettencourt），宛如法國大革命前夕的「頸鍊事件」，因為其中政商關係錯綜複雜，從私人禮物餽贈進而搖撼了一個原本就不受歡迎的政權的根基；紐約人調侃為「李爾王」翻版，因為有不感恩的女兒、進讒言的小人與即將崩離分裂的權貴家族；倫敦人嘖嘖稱奇，就算巴爾札克再世，也未見寫得出來這麼精采的「人間喜劇」。

歐洲女首富、萊雅化妝品集團女繼承人莉莉安・貝登古（Liliane Bettencourt）出生就坐擁財富光彩，一輩子都是巴黎上流社會的閃亮珍珠，活到了八十八歲，最後被自家女兒拖上了法庭。

五十七歲的女兒無法忍受母親與一名六十三歲男攝影師巴尼耶（Banier）過

從甚密，為了這段「友誼」，老夫人斷斷續續贈出約莫十億歐元的禮物，包括畢卡索畫作、熱帶島嶼，用公司名義聘他作藝術指導，十年聘書價值四百萬歐元。女兒認為母親年事耄耋，心智老邁，巴尼耶利用了老寡婦的昏庸與寂寞，從她身上榨取錢財。母親堅持自己神智清醒，「巴尼耶先生賜與我的東西遠超過我贈與他的價值」，而巴尼耶則抱怨他從來不想要那座小島，「那裡蚊蚋遮天，海裡滿是沙魚」。然而，貝登古老夫人同時也說，除了必須留給女兒的股份與家產之外，其餘財富她都願意留給巴尼耶先生。

事件至此，猶如香港女首富龔如心事件再演。外號「小甜甜」的龔如心在丈夫遭綁架失蹤後繼承了華懋集團，一直到死前都是全亞洲女首富。小甜甜一過世，她生前信賴且親近的陳姓風水大師隨即拿一封號稱龔如心親筆簽名信，宣稱女首富跟已婚的他其實是多年地下情人，遺囑將千億家產過繼於他。在兒子失蹤之後便拚命與遺孀龔如心爭產失敗的家翁因此轉與風水大師繼續纏訟，香港法院最終判給夫家。

八卦標題橫跨巴黎頭版之際，貝登古老夫人的貼身管家忽然出手。不知真是良心發現，還是遭少主收買，忠心耿耿二十幾年的管家拿出幾捲家中偷錄的錄音帶，因為實在看不下去「沒良心的人欺騙主人」，不料，抖出內幕不是「老女人與她的小狼狗」的廉價羅曼史，卻是肆無忌憚的政商勾結，甚至扯出法國總統薩柯奇涉嫌不法收受選舉獻金。

故事核心才真正展開。

財力雄厚的貝登古家族向來為法國政壇大金主，左右逢源，錄音帶內容顯露了一幅法國上層階級如何緊密合作互保利益的當代浮世繪，令人駭然無措。政客與商人同桌吃飯，喝酒碰杯，超額政治獻金以現鈔裝袋，輕鬆說笑之間，直接在優雅高貴的富人客廳裡易手，飯後雪茄甜酒一樣都沒少。預算部長的妻子完全不避嫌受雇幫老夫人作投資，規畫瑞士祕密帳戶，全力幫法國首富逃漏稅，而身兼執政黨大掌櫃及預算部長雙職的丈夫則樂當貝登古在政府的「有力人士」。

新證據浮現，預算部長及妻子、會計師、祕書旋即遭檢調傳訊，老夫人與攝影師男友遭其他股東控訴違法假公濟私，正要大張旗鼓修改退休金制度的薩柯奇政府陷入執政以來最大的政治風暴。一樁豪門恩怨，原本只是飄在巴黎西邊天際的一朵烏雲，意外捲過全城，頓時烏雲密布，驟雨大作，眾人淋得溼答答。巴黎整個夏天就籠罩在這朵「貝登古事件」雨雲之下。

政客與企業主原本應該互相監督，權力平衡。然而，政客難以拋棄金錢的誘惑力，為了享受奢華生活，往往與願意撒錢的金主混得太近。薩柯奇老早喜歡跟富豪做朋友，他早先因為接受富豪邀請去別墅度假而遭受輿論批評，之後娶了義大利富豪之女卡拉布妮，兩人成天穿金戴銀去宴會，搭飛機去外地度假，而他那個積極從政的二兒子也步他後塵，娶了法國家電巨頭家族女繼承人。政界與財團，公然同床共枕，一再四處上演，包括我們的台灣。每當質疑聲起，當事人往往一句「朋友」輕輕帶過，卻不知政客與商人其實是最不能做任何廣義或狹義上的「朋友」。

雖然，美國總統歐巴馬為了贏得民心而不惜犧牲企業利益的民粹做法也不是太恰當，民眾仍樂見經濟發展，雨露均霑，但是，財團企業從社會賺取利潤，掌握大量資源，政府雖需提供基礎設施及政策，保障企業自由發展，但很大責任也在照顧其他落在市場利益之外的弱勢，確保企業回饋社會。可惜的是，不少官員最後確保企業回饋的對象不是社會集體，而是自己本人。

人有權了就想有錢，有錢了就想有權；有權想用權去賺錢，有錢想要錢去買權。政商勾結於是成為所有社會最大的罪惡發源地，一切腐敗皆由此而生。

貝登古老夫人的父親曾支持納粹黨，她先生幫反猶太報刊寫文章，卻也因為加入地下反抗軍組織而在戰後獲得勛章，英國衛報評論貝登古家族的金錢就像他們販賣給女人的「遮瑕膏」一樣好用，為他們買來完美的家族紀錄及社會地位，同時也買到了政府官員的友情。

現在，由於一個嫁給了猶太人的第三代女繼承人，歷史終將返真，或只不過讓他們再掏錢買單一次？

藝術無價，只有天價

據說，赫斯特畫作價碼飆至史上最高那一天，正好是雷曼兄弟銀行宣布破產的日子。

當代英國藝術家赫斯特（Damien Hirst）的作品向來爭議高，價碼也高。過去十年內，地表上沒有另一個正值盛年的藝術家能比他賣出更好的價錢。他是藝術界的好萊塢女星安潔麗娜．裘莉，話題先行，票房第一，作品押後。進入商品年代，藝術家的品牌知名度就是一切。一位成功的當代藝術家如赫斯特，其創業精神不輸實業家，商業腦筋不下於跨國企業總裁。藝術脫離純粹手工製造業，進入企業管理。藝術品成了商品，藝術家變成一種品牌，藝術家本人則是品牌代言人。講究品管，注重形象行銷。

經營「赫斯特」，就像經營「路易威登」；買一件「赫斯特」，如同買一件「路易威登」。

金融危機之後，有錢人不買奢侈品了，現代藝術行情也一路慘跌。雖然美國政府宣稱經濟復甦，停止救市措施，紐約蘇富比拍賣行二〇〇九年深冬拍賣當代藝術品，成績依舊不忍卒睹。赫斯特、安迪．渥荷、佛洛依德、傑夫．孔恩斯等當代名家作品難得出市，高價待沽，台下擠滿貴婦商賈名流，雖然身裹貂裘，珠光寶氣，卻把藝術拍賣場當作二手跳蚤市場，砍價猶如家庭主婦買菜般毫不留情。最後，不但拍賣品三分之一沒賣出去，重抬回倉庫，連賣出去的成交價格也遠低於預期。

雖說藝術無價，經濟大環境卻替其明確標價。

當全球經濟泡沫，藝術價格只上不下。財富傲人，買鱷魚皮行李箱、高級鑽表、名家家飾已不足炫耀，因為再輕再軟的一塊絲綢都可裁出至少兩件洋裝，再美再貴的瓷器也能從窯裡再燒出同一套。唯有藝術品獨一無二，世上僅有；有時，連錢都買不到。

藝術品是人類腦力的剎那靈光，如同太陽落到海平面外所射出的最後一道綠光，多少人聽說，卻只有少數幸運兒親眼目睹。

藝術家不是機器，不能重複生產藝術，只能像漁夫出海捕魚那樣捕捉靈感。漁獲量有時高，有時少。有些藝術家是富有的漁夫，天天有魚吃，有些藝術家一輩子只捕到一條魚，但卻是一條擁有靈魂的頑強大白鯨。

而且，藝術家每做完一件作品，作品便像獨立出去的孩子，擁有自己生命。孩子個個不同，雖是同一父母生，五官或許神似，卻永遠不會一模一樣，即使雙胞胎都各自有特殊神韻。每件藝術品都像一個人類，均獨立存在於這個宇宙，你可以喜歡或唾棄或讚歎或鄙夷，但你就是無法複製。

藝術品因此必定價格高昂，不僅因為美，因為文明價值，因為烘托出主人的高雅品味，更因為罕見。

天下無雙。連藝術家本人都無法複製自己的作品，尤其是已經死掉了的藝術家。就當頭一次當代最貴藝術家赫斯特的作品慘遭束之高閣的命運，二〇〇九年底，義大利文藝復興時期大師拉斐爾的一幅簡單素描〈繆斯的頭像〉卻讓倫敦佳士得拍賣行以接近三億英鎊的驚世天價賣出，刷新紀錄。同一批大師作品裡，堪稱十七世紀歐洲最偉大畫家林布蘭特也有一幅叉腰男子半身像，以兩千萬英鎊高價賣出。二〇一〇年二月初，蘇富比倫敦拍賣會上，瑞士超現實主義雕塑家賈柯梅蒂的真人尺寸銅雕〈行走的人Ⅰ〉最後拍賣價則為六千五百萬英鎊。

價格這麼「崇高」，一方面算是對藝術的俗世肯定，如此天價會讓不信神的人都信了神；一方面，更顯現藝術品作為一種投資的邏輯。

愈少愈好，因為愈貴。當代藝術家還活著，創作力仍旺，以後還會繼續出品，也說不定還未巔峰，仍精采可期；已故大師卻顯然已結束創作生涯，不可能再生產任何作品，能夠經過時光滄桑而完整保留下來的物件更少之又少，更勝黃金。黃金仍可挖礦，達文西的〈蒙娜麗莎的微笑〉就像恐龍化石一樣稀少珍貴，因為絕不可能再有了。她的微笑，就是日落前那道綠光。

然而，經典大師的作品比當代藝術家更值得投資，不光因為稀少，更因為交易歷史長，每次換手均有紀錄，價格已經穩固；而當代藝術作品交易價格尚未穩定成習慣，雖然有時衝天高，卻可能只有一次行情，難保下次。前幾年全球經濟大好，中國當代藝術品人人搶，一下子捧出了許多中國畫壇天王，而今西方報紙頭條天天追問，何時才能再見中國當代藝術榮景。

但，無論如何，當今藝術家如赫斯特顯然已不再是三〇年代住在巴黎蒙馬特區的那些波西米亞人，窮苦潦倒，三餐不繼，成天咳嗽，拖著羸弱身子，還在苦苦詠歎自由的真諦。

二〇〇九年十二月初，義大利松露協會慈善拍賣重達一點五公斤的白松露，最後競標者只剩下三位，澳門賭王何鴻燊、阿拉伯王子阿布達比和我們的當代藝術家赫斯特先生。

藝術家吃白松露，關於此點，有位新加坡詩人朋友曾對我說，我們活在一個看重金錢的工商業社會，藝術家不該自願邊緣化，而要爭站社會浪頭，因此藝術家當然也該好好賺錢，精通世故，唯有如此才能與政客、資本家等人一爭長短，共同躋身菁英行列，分享社會領導權。

我承認，這是一番誠懇的獨特見解。

藝術應站在政府對面

所有偉大的藝術都在政權框架之外發生，甚至，根本在主流圈子的品味之外。法國哲學家傅柯曾說，他喜愛的小說很少寫進法國文學史。

台灣慶祝中華民國百年國慶，爆出兩億《夢想家》預算爭議，藝文界團結連署，一舉澆滅政府的文化煙火，可喜可賀。同時，暴露出文創在台灣以最快速度淪落成某種專門承包政府文化工程的產業，再度引起政府如何補助藝文界的討論。

藝術永遠站在權力的對立面，藝術家不可能期待政府補助。長居紐約的法國女雕刻家露薏絲．布爾喬亞（Louise Bourgois）主張藝術家不拿政府補助，因為「這是藝術家的特權，他們應以當藝術家為榮」。通常只有政治極權社會（尤其二十世紀出現的共產國家）最喜歡文化部，高舉文化大旗，灌輸意識形態，修剪文化歧見，讓藝術失去思想的殺傷力，用國家名義豢養特定的文化團體、藝術家、作家，誰不聽話就餓死他，打入大牢。

所有社會自由的根源皆來自文化的想像力。由政府以及特定圈子拿國家資源扶植他們個人認可的文化對象，為什麼要給任何人這麼大的權力？

美國六〇年代討論政府為何需要補助藝術，包墨爾（Baumol）與包溫（Bowen）兩名學者當時提出「成本病」（cost disease），因為表演藝術缺乏經濟生產力增長，「在表演藝術世界裡，危機顯然是一種生活方式」。然而，隨著數位技術發達，城市人口根基拓寬，表演藝術的成本與利潤出現了變化，譬如電影製作成本明顯降低很多，機動性強的小劇場與小樂團更容易在城市角落尋獲自己的觀眾。

即使在台灣藝文界最羨慕的法國，文化補助仍常引爭議，預算掐在文化官僚手上，最後變成依賴關係網路、利用遊說影響分配，往往只有名氣大的計畫或團體才能得到資源。尤其法國迄今文化階級觀念深重，巴黎長期獨占最大文化預算，遭外省詬病已久，遑論少數族群。

諷刺的是，當代法國最具影響力的兩項藝術成就，印象派繪畫以及新浪潮電影，都在主流系統之外自行發芽繁茂。十九世紀末印象派誕生時，依賴私人收藏家買畫，備受學院派嘲弄漠視，迄今也還被塞在奧塞美術館三樓的畸零空間，而非掛在宏偉大廳。新浪潮電影也是靠一群體制外的年輕人，獨立金主贊助，預算極低，發展出一片欣欣向榮的作者電影潮。九〇年代法國採保護政策，結果電影工業反倒一蹶不振，黃金時期宣告結束。

底線是政府不該涉入文化生產，真正的文化推手仍是市場。政府應是文化保護者、文化環境的創造者，透過產業政策，提出減稅方案（小劇場票房不課稅、企業贊助可減稅、機構低稅收藏藝術等），鼓勵社會各處自發撫育自己喜愛的文化藝術，培養無數大大小小品味衝突並存的藝文園丁，而不是政府自命獨裁園丁，挑選花種，統一花圃。

市場規模過小，是台灣藝文界永遠的痛。創作時常漫長，作品推出後的經濟效益不成正比，且不信任市場品味，因此許多藝文人士希望得到政府贊助，以延續自己的創作。可憐的是，不論藝術多麼崇高，創作這一行的本質卻跟開麵攤沒什麼兩樣。沒有人應該保證你的商業成果。我們不能想像一個強調古法揉麵的麵攤老闆要求政府長期贊助他的手藝跟店面，我們藝文創作者也該學會承擔自己的市場風險。市場過小既是原罪，如何跨出台灣，擴大市場規模，才是台灣藝文界需要積極思考的課題。

莎士比亞當年是商業劇場龍頭，巴爾札克以為自己寫的是大眾小說。所謂的經典，就是涵蓋了各個時代的讀者口味。時光，無非也是另一種市場的鍛鍊。

有錢就是生活在他方

飯桌上，有錢人談的只是旅行。不是今天股市漲停板，這個月小孩申請入名校，上週工廠工人跳樓；而是，剛去米蘭看了明年春夏時裝秀，北海道滑雪小屋好不容易裝修完終於能去度假了，倫敦這季歌劇很不錯，下週羅馬有文藝復興美術展，喔，還有，我明天一早飛北京。

無論有錢沒錢，均視流動為一種特權。因為流動意味了拋下工作，脫離固定常軌，閒散過日子，隨心所欲探索世界，更暗示了豐裕的資金；錢財不用於購買衛生紙、醬油，而拿去不具任何目的地揮霍。沒錢，嚮往這種要走就走的闊綽；有錢，炫耀這種想去就去的自由。「他方」既象徵一種遙遠的幸福存在，也像是夢想行駛的終點站。

窮人以為，有錢就能前往他方；富人則說，有錢就是生活在他方。「他方」，意味著罕見難得，沾染了旅行的貴氣，於是成為「奢華」的同義詞。各類商品服務無不訴求「他方」特色，標榜「高級」檔次。城裡稍微講究的館子通常是異國餐廳，為了慶祝母親節、小學畢業，為了第一次約會留下良好印象，面對這些人生重要場合，人們往往挑家昂貴餐廳打打牙祭，於是台北人上法國館子，巴黎人吃日本料理，馬尼拉人去美式餐廳。這些他方美食餐廳就像德國電器、美國牙膏、瑞士保養品、日本哈密瓜一樣，幫助人們模擬生活在他方的情趣，增進美麗人生的金色幻覺。

因為我不住托斯卡尼，也不能每隔三個月就飛去印尼峇里島，那麼，至少能每週去趟義大利餐廳，假設自己正面對蔚藍地中海、吃著四種乳酪烤成的比薩餅，然後在自家浴室裝上花灑淋浴噴頭，鋪上木條地板，好似永遠活在峇里島的長假裡。

當台北的家庭主婦希望自己住在東京而拚命在日系百貨公司購物，東京的家庭主婦卻假裝自己住在法國南部，因此在窗台種薰衣草，手提大藤籃去買菜，戴法式草帽，學法國女人穿瘦腳褲騎單車，跟其他主婦坐在模仿巴黎露天咖啡座的巷口咖啡店一起喝咖啡，讚歎春光多明媚，恰似普羅旺斯的顏色。因為不能天天旅行，必須安分工作養孩子，生活摻一點異國情調，就像隨時來趟預算經濟的小旅行。

然而，富人想出門就出門，他們不用靠這些生活小伎倆去品嘗他方。當他們想要抵達他方，他們只需出發。

沒有固定人生可供改換，他們是高級吉普賽人，全世界皆是他們的他方。東京中產家庭砸工本買進口手繪磁磚，貼在廚房流理台牆面，做點下酒菜，假裝自己活在西班牙之夜；有錢人直接飛去自家在西班牙南部的老宅，浴室拼花地磚美如中東地毯，花園長著柑橘跟橄欖，只要少少一點錢就能從當地市場買來七八種不同酌酒小點。他們馬上活得像當地人。

因此，每到一處城市，對有錢人來說，真正的「他方」其實是「在地」。當他們去到上海，不想看見上海大都會的泰式按摩跟澳洲牛排館，而想知道哪裡有老房子在賣，哪兒有正統上海菜，哪邊市場還能搜到骨董家具和民俗藝術，何處仍有殘破老街可逛，所以他們可以真正感受自己活在上海這個「他方」。他們千里迢迢飛來，就為了活在「在地」的「他方」，不意外地，他們比當地人都更追求本地特色，也更希望當地不要改變，永遠扮演他們的「他方」。

然而，時代在滾動，城鎮也跟著演進，隨著不同人群在不同時間的離開與遷入，城市空間必定更動，文化這個有生命的活東西不斷變幻，京都依舊是京都，從來不曾搬離日本島、移至馬達加斯加島，但是，二〇一〇年的京都再怎麼努力保存古都風貌，終究不可能回到八世紀，就像六十歲美女縱使保養得當，外貌幾乎沒變，也依舊回不到當年十八歲，她已經、也永遠變成另一個完全不同的人。

在當代維持一套過往的生活風情，其實也是另類的「生活在他方」。在此，轉換的已不僅空間，還包括時間，人力成本耗費勢必比東京主婦的普羅旺斯之夢更龐大。十七世紀平民親切的和風旅館，到了二十一世紀京都，因此成了最昂貴的「他方」。原本在地所以便宜、老舊因此不值錢，進了時光隧道的「他方」裡，情形完全倒轉：因為原味所以昂貴，古老因此更費銀子。

尤其，真要這些旅行的有錢人住進十七世紀的旅館，沒有個人衛浴設備、高速網路、電話，他們也許不真的那麼願意。他們的「他方」仍要經過改造。老式木桶樣式雖然美，但最好剛剛新製，而不是萬人泡過、已經開始發黑，而且熱水應該源源不絕。有一點點不方便，算古樸的樂趣；很不方便只不過是不必要的折磨，管它名氣再大，歷史再久，以後也不來了。即使保留原汁的他方人生，最終仍得改裝，變成時間上的「在地」。

到了後來，不管是身在「在地」假裝活在「他方」，或前往「他方」假裝活在「在地」，「生活在他方」的確所費不貲，正如人們所設想的那般奢侈敗家。自由需要一點代價，或許這就是人們之所以莫名欣羨那些能夠輕易抵達他方之人的原因。

錢到分手方恨少

普通人離婚，去戶政事務所五分鐘；豪門名流離婚，請律師上法庭打官司。

好萊塢銀色情侶布裘戀傳言走到盡頭，先去法律事務所協議，分百億美元家產；紐約報業大亨彼得・布蘭特（Peter Brandt）當年與內衣名模妻子陷入熱戀時就忘了婚前協議書這件事，辦離婚手續時，為了不讓對方分走大半家產，往昔恩愛拋腦後，瘋狂互咬醜事，成為紐約熱門話題；高爾夫名將老虎伍茲連爆性緋聞，付出七點五億美元贍養費以及孩子監護權的代價，創下運動史上最高離婚金額。

結婚時滿眼濃情，離婚時滿口數字，婚姻看似關於愛情承諾，聽上去更像社會資產的分配制度。

封建時代裡，婚姻並不躲在愛情迷霧裡，擺明了是軍事手段、結盟策略和繁衍保障，用來聯合、擴張、組織、鞏固及延續不同（國）家族的資產版圖與血脈永續性。中國歷代皇帝總愛把沾點皇親的女性遠嫁異地，作為一種外交籠絡。歐洲王室不遑多讓，神聖羅馬帝國女王瑪麗特蕾莎生了十六個孩子，每個都是她擴大帝國勢力的棋子。她熱中安排子女與其他歐洲貴族聯姻，以影響甚至控制他國內政。十四歲代替病故姊姊嫁入法國波旁王朝的瑪麗王后小小年紀便被訓練定期寫信向母親大人報告法國國情，她這種與奧國王室通信的「良好」習慣，在法國大革命時期便輕易頂上叛國罪名，推上了斷頭台。而單身登基的英國伊莉莎白女王則馬上遭好心勸告，如果她不結婚，與其他王室結盟，恐將陷英國於孤立無援之地。

封建皇族把婚姻當功業經營，商業規模如王國的富豪巨賈也作相同邏輯思考。德國文豪托馬斯．曼（Thomas Mann）名著《布登勃洛克家族》（*Buddenbrooks*）描述豪門世家如何由興轉衰的過程，三名子女的婚姻命運緊緊與家業前途綁在一起。身為一家之長的父親諄諄告誡嚮往自由戀愛的女兒，必須接受家裡為她安排的婚姻，因為「商賈聯姻」乃豪門子弟天經地義的責任；而從小深明豪門長子職責的大哥愛上了貧賤賣花女，卻自知家大業大，永遠不可能娶她進門，悲涼地告訴美麗輕浮的小妹，唯有命夠好，才能嫁給自己心愛的人。想要違抗父命、不願嫁給漢堡市富商的小妹在翻閱一頁頁記載百年家業的厚重家譜之後終於明白，生入豪門那一天，她的婚姻便無關乎個人情感歸屬，只是家族縱橫商場的謀略之一。她是父親的掌上明珠，也是他珍貴的商業武器，養君千日、用在一時，女兒與漢堡富商聯姻，代表了家族打入漢堡上流社會的機會，意味著家族企業終於能夠進入漢堡市場做生意。小妹接受安排的婚姻終以悲劇收場，而與小歌女同居的二哥則遭家族半正式放逐，情婦無法入門，孩子不讓認祖歸宗，最終連遺產都沒分到。

幾乎與《布登勃洛克家族》發生於同一時代背景，中國古典小說《紅樓夢》也是一部豪門衰敗史，裡面所有婚姻幾乎都一敗塗地。身負家族前途的獨子寶玉愛上孤女黛玉，平日一起嬉戲作詩，無人異議。等到寶玉有天不知哪根神經不對勁，想證明情比金堅，欲把名下無恆產現金也無政商關係的黛玉娶回家，賈府上上下下便覺事態嚴重了，聯手設下移花接木之計，誆寶玉誤娶寶釵，黛玉吐血而亡，寶玉出家，一門豪族自此沒落。

保守時代裡，婚姻有價，得不到的愛情相對無價，人們動輒生死相許，造就了一堆不用討價還價的浪漫愛情故事。二十世紀後，婚姻披上自由戀愛的外衣，社會鼓勵追求精采的愛情生活，步入禮堂視為愛情完滿的結果，愛情於是化約成一只鑲滿鑽石的婚戒。鑽戒意象企圖將愛情與婚姻化成一圈完滿的圓，其中婚姻含金量的暗示卻一點也沒少，愛情與婚姻其實更突然有了直接而明顯的對價關係。

作家哈金在短篇小說〈作曲家和他的鸚鵡〉裡寫道，「愛情就像別人的恩賜，隨時都會失去。」為了阻斷愛情恩賜這種飄忽無常的性格，同時賦予原本無形無味的愛情一張固定可辨的相貌，婚姻契約便成為「評價」愛情的重要憑據。變心了，沒關係，你倒是把我們之間的帳算一算。

對豪門世家來說，嫁娶依然是一門學問。市井小民關注豪門婚禮與名流婚姻，說是喜歡盛大的童話場面，愛嚼名人八卦，說實在話，人們更關切的是那一大筆一大筆的社會財富怎麼運過來又導過去。一段聯姻（或離婚）能削薄財富或加厚家產。結婚生子，外遇再婚，生老病死，每一次人生際遇的轉折，對一般人來說只是人情歷練，在豪門世界裡卻多了一層意義，代表著財富的轉移、失落與累積。人們愛聽烏鴉飛上枝頭變鳳凰的故事，就跟巴望著自己好運中樂透的嚮往心情一樣。

整座紐約市均幸災樂禍，猜測平時作風浮誇奢華的報業大亨布蘭特也許不得不宣告破產，但不是因為他買太多藝術品，也不是因為報業沒落或金融危機，而是因為他這場離婚。

買樓像女人買手袋

香港西半山的干德道路面瘦狹，視線光禿，沒有商家，沒有綠地，大型巴士不能過，勞斯萊斯轎車也走得勉強。兩旁夾著不是樹蔭，只是陡如高崖的高樓住家，形成水泥縱谷。背靠太平山，高層誇耀海景，仍為住不起幽靜山頂又不甘混居尋常百姓家的中產階級所喜愛。

二〇〇九年秋天，就在這條半山窄路，香港恒基集團推出一棟號稱八八層以討吉利、實則只有四十六層的住宅建物，一呎成交價七萬一千港幣，刷新亞洲豪宅天價，全港譁然。即使是身上任何一吋皮膚刺下去都滲出資本主義血清的香港人也難以接受如此炒樓法。

面對質疑，人稱四叔的恒基集團主席李兆基回應「買樓像女人買手袋」，比喻「豪宅」猶如「古玩」，無市場法則，全視買家心情，「買樓不貴不買，不靚不買，要名牌，好像女人買手袋，要買幾十萬手袋才高興」，尤其「愈貴愈開心」。

四叔話猶在耳，隔年三月，香港豪宅空置率狂升，創六年新高。

城市原本屬於窮人的世界。為了爭取城市工作，節省通勤成本，享用便宜的公眾設施，窮人留住城裡，忍受骯髒空氣、嘈雜車聲與混亂治安；而講究生活品質的富人遷往城外，呼吸新鮮，逃避人群，躲開壅塞，住在有著私人車道與濃密花園的寬敞華宅裡。然而，隨著城市經濟規模擴大，大都會概念形成，一座城市的經濟驅力已不下於一個國家，都市生活成為一種全球時尚，即使既富且貴，也要留處城市落腳，享受那些唯有城市才能提供的生活內容，如多元餐廳、前衛時裝店、戲院樂廳、夜店酒館、多樣人物等。都市不再是工作以外應該逃開的地方，而是下了班才開始流連忘返的所在。

然，城市人多、車多、什麼都多，唯土地有限，人們不分貴賤，一出門就會碰撞。富人唯想辦法以價格區隔空間，悄悄打破城市看似民主的空間平等感。精華地段的地皮炒作，即用來劃分豪宅區與一般住宅區，以價碼挑選鄰居。為了符合地價的「高貴」，建商也往往不吝下重本蓋樓，務求美輪美奐。

兩次大戰期間，紐約狂蓋摩天大廈，中央公園周邊跟著吹起豪宅風，每套名宅均出自名家設計，擁有高可懸掛水晶吊燈的天花板，寬敞足以設宴款客的飯廳，配設門房及私人電梯，宛如都市城堡。雖然三〇年代發生經濟大蕭條，後有二次大戰，然而這些豪宅身價穩固，在二十世紀餘歲裡，價格連翻十九倍，迄今，稍覺功成名就的紐約客仍不惜割喉，但求一戶。

然而，有錢也未必能住進這些紐約豪宅。許多豪宅採共同持有制（俗稱Co-op），每棟都有住委會，這些勢利眼住戶有權投票決定你是否有資格與他們相鄰而居。即使美國法律早已明文禁止各類歧視，如果他們不喜歡你的姓氏、膚色或存款數字，或恰巧看不慣你鼻子的長相，都能任意否決你成為住戶，不需任何交代。

對這些紐約豪宅居民來說，豪宅根本是特權，僅限於少數都市貴族，圈地自營社會階級。然而，豪宅雖美，似高不可攀，在我們的消費社會中，畢竟是待價而沽的眾多商品之一。大多世人仍視物業為儲存財富的手段，看準了城市空間有限，尤其精華地段絕無可能擴增，周邊房產自然搶手。當巴黎房屋仲介員口沫橫飛介紹「全世界只有一個巴黎，而巴黎只有一個盧森堡公園」，他不在稱頌花園的美，而是為了抬高這一帶房價。

豪宅已是一種都市經濟的商品神話，市場迷信豪宅出現愈多，景氣愈好；而經濟慘澹時更要投資豪宅，因為唯有豪宅保值。

然而，就某方面來說，此次全球信貸危機即因豪宅經濟而起。人們受鼓勵超額貸款，買他們根本付不起的房子，誤認借錢買磚頭也穩賺不賠；銀行持同樣念頭，才會動腦筋將眾人債務綑綁成一種看似入息穩定的金融商品，轉賣投資人，導致後來的「雷曼嚇克」，嚇癱了英美房市，教冰島政府破產，讓西班牙金融失穩，更直接爆破了杜拜這個堪稱全球最極致的豪宅經濟神話。

杜拜無油可挖之後，仗著中東油國親戚背景，四方舉債，在廣漠沙漠舉起一座亮光閃閃的現代波斯華城，塞滿了高級酒店、遊艇跑車、購物商場，填海大興人工島——他們不賣豪宅了，改賣島嶼。當全世界最高樓杜拜塔開幕的那一天，杜拜所欠下的債務幾乎跟樓身一樣高。雖然隔壁阿布達比伸手解救，杜拜免於破產，房地產仍暴跌一半，杜拜塔貴為全世界最高的豪宅住家，商用面積卻少人承租，住戶業主縱使賠售也難以脫手。

樓高樓起，市場跟著起落，豪宅經濟即使華而不實，卻依舊占領城市天際線。號稱紐約最後豪宅的西公園大道十五號，落成於二〇〇七年，正當股市詭譎，華爾街瀰漫了金融暴雨將至的張力，建築師史登卻巧合選擇了三〇年代經典風格，彷彿預告了另一次奢華崩盤之後的經濟大蕭條。然而，紐約客依然蜂擁爭購，醉心傲歎此種奢豪都會風華唯紐約才有。

豪宅驅動的豈止經濟，更有城市的虛榮。

資本夢已遠

史帝夫・賈伯斯創立蘋果電腦公司時才二十一歲。賈伯斯最天才的地方即在將科技融入日常消費行為。在他之前，電腦公司只注重功能，愈複雜愈好，不在意外表設計也不認為機器應該人性化，電腦因此只跟工科有關，女孩踩高跟鞋單獨去買電腦都戰戰兢兢，預期將遭嚴重羞辱，邊撒鈔票邊灑淚。賈伯斯讓科技徹底個人化，依循生活細節演化，使用科技只要動根手指。而今，不用一個資訊工程學位，七十歲婦人也能使用她的iPhone上網訂電影票，去蘋果專賣店買iPad就跟去服裝店買新裝一樣愉悅，更不必擔心店家會用各種艱澀專業名詞挑戰你的智力。科技是生活的一部分。

然而，如果當初沒得到第一筆銀行貸款，第一台蘋果電腦就不能量產，後來那些酷哥靚妹便沒法僅靠一台iPhone即走路有風。賈伯斯的成功，其實是美國資本市場的例證，也是消費經濟催生出來的成果。

而今，同一套市場邏輯，卻讓現在二十一歲的美國青年們決定占領華爾街。國家深陷債務，銀行體系脫序，金融危機愈演愈烈，政黨嚴重傾軋，青年不但前景黯淡，即使高學歷也未必能有份穩定職業，連他們正值壯年的父母也紛紛失業。不去華盛頓靜坐抗議，由消費經濟餵養出來的新生代選擇了華爾街，也就是說，他們直接挑戰美國夢長期賴以運轉的軸心。占領了三週，缺乏中心思想，沒有主要訴求，說不出究竟要華爾街做什麼，這波抗議卻蔓燒全美，美國每座主要城市都要占領自家金融區，連遠在太平洋彼端的台北市也上街大喊我是貧窮的百分之九十九。

從二十一歲的賈伯斯到二十一歲的iPhone 4使用者，中間三十年，相同的市場機制從夢想的推手變成夢想的殺手，主因恐怕便在夢想本身的失落。資本市場的偉大，原本就是從無到有，製造先前不存在的商品，開發先前不存在的消費者，創造先前不存在的利益。由賈伯斯腦子的抽象念頭延伸出一台握在你手中的實體iPhone，企業家、員工、消費者、投資股民均沾雨露，這個過程就是資本機制的美好一面。

這套機制原本用來獎賞市場創新，讓資本變成個人逐夢的助力。無奈，當整套機制只注重逐利，股民心態像上賭場求發財，銀行以賭場莊家自居，企業股東只在乎利潤，高階主管只要紅利，市場上便只剩下一連串沒有意義的數字在跑，金錢變成一種生活方式，而不是對夢想的獎賞或勞力的讚許。只講究數字堆砌的資本市場，就像一台只炫耀功能複雜的電腦，對普通大眾生活沒有實質幫助，最終淪落到只能由一小撮懂得專門術語的人所挾持，無怪乎，無論是二〇〇八年全球金融危機或仍是進行式的歐債危機，一般納稅人迄今仍霧裡看花，一點都不懂來龍去脈。

賈伯斯的個人願景透過市場改變了人類與科技的關係，創造了當今世上最偉大的企業之一。而今天人們之所以傷感他的隕落，不因為他是億萬富翁或公司股票值錢，而是敬佩他替我們造夢，想像了我們的科技生活，並使之落實。我想，那些占領華爾街的美國人，應該就是為了抗議他們社會在追求財富過程中早已不知不覺遺落（甚至犧牲）了夢想的野心，而那本應是驅動資本社會正面前進的初始動力。

環境

幸福垃圾十萬年

福島核災爆發時，核電國家均大驚失色，核能占百分之八十五總發電量的法國尤其緊張，打從第一天就敦促法國公民盡速離日，甚至派遣兩架法航客機，停泊在成田機場，準備隨時撤僑。

不過事隔兩個月，關於核電的憂慮幾已消失。世界恢復平靜。中國仍以每年興建十座核電廠的速度邁向核電大國，法國續用並販賣核電，台灣官員以一句「蓮花座」打發核安疑慮，唯一在大選壓力下表態廢核的德國政府雖然關掉了幾座自家反應爐，卻加倍進口法國核電，並採購汙染環境的捷克煤電。即使是發生核災的日本，也沒有改變用電習慣，節電只是貼在商店門口的一張紙，象徵一個善良心意，告知顧客他們關掉了兩盞燈，家家戶戶依然住在電力裝備的高科技公寓，沒有了電，熱水器動不了，也不能沖馬桶，日本企業很快祭出經濟大旗，縱使日本政府宣稱要讓核能政策歸零，隔年藉口炎夏來臨，供電恐怕不足，依然重開核電廠。

實情是，很少政府膽敢一夜之間積極扭轉能源政策。能源政策一旦拍板，就是起碼四分之一世紀的事情，如果要改，又是另外四分之一世紀，加上好幾代人必須調整生活模式，對許多社會來說，都是難以想像的痛苦代價。

然而，核電的真正代價恐怕更超乎想像。如果人類生活照此模式繼續，就算幸運不再發生核災，也會持續產生大量核廢料。目前大部分國家將核廢料儲存水池，或埋處偏遠，以「不留我家後院」為最高原則。芬蘭科學家再三評估，結論核廢料只要留在地表就不可能安全，即使不處於劇烈地震帶，仍有火山爆發、自然災害或人為戰爭等不確定因素，唯一方法只能埋進萬年不變的地心岩層裡，因為除了岩石，人類想像不到其他時間更久遠的穩定物質環境，能安全貯存核廢料直到其喪失放射能力為止。

核廢料完全中性需要十萬年，而人類在地球上的歷史不過五萬年，埃及金字塔為五千年，核能發電是上世紀初的人類發明，核電普及化也只是過去四分之一世紀的事情。

為了這四分之一世紀以及未來一個世紀的核廢料，芬蘭從上世紀七〇年代開始挖掘一個宛如地下墓室的核廢料貯存場，隧道螺旋向下五百公尺深，預估二〇一五年啟用，使用至二十二世紀，填滿之後封頂，參與設計的科學家估算（希望）這座核廢料墳場能保存十萬年，然而，身為人類，他們自己連活著見證完封都不可能。這些科學家希望能找出法子，警告未來人類不要接近這塊滿布危險幅射線的禁地，然而，負責建造這座十萬年墳場的他們卻無法想像十萬年。十萬年，究竟是怎樣的時間意義，屆時世界將會如何，還有鯨魚嗎，冰山全融了還是海洋全結冰，人類還存在嗎，如果是，該如何跟十萬年後的人類溝通呢。也許未來人類根本看不懂現代人使用的文字符號，豎起再多的警告標誌，到了對方眼裡，充其量成為一堆無解的埃及文，或甚至變成一種充滿誘惑的邀請手勢。

當我們說「永遠」，其實只指自己活著的這輩子，而每個人活得再久至多一百年，為了這個百年「幸福」，我們將留下十萬年壽命的致命垃圾。

核電之所以低廉，因為電價並沒有反應核電的真實成本。就像石油、水、糧食，其實都是透過當代政府的政策補助，讓活在當下的人類以最低價錢享受最優生活，巨大代價則轉嫁給尚未出生的未來世代跟沒有嘴巴的地球，他們在國會沒有民意代表替他們發言，只有我們這些想要舒適又不想付錢的人類在定「政策」，發展我們的「經濟」，分配我們的「福利」。

當代人類活得沒有良心，十分正常。因為看不到自身生命終結之後的世界，難免顯得事不關己，有點像我們對核廢料的態度：眼不見，心不念。也許我們不用想像十萬年之後，只需想像一百年，世界四處逐漸埋滿了核廢料，許多美麗地點全成了生人勿近的神祕墳場，而一管核廢料在深海悄悄破了，很快經由雨水進入我們的生態系統，就當我們走在櫥窗過分閃亮的白日街道，用手機玩遊戲，追逐八卦新聞。只需想像這點。

一塊牛肉不只是一塊牛肉

食物與能源，已是全球現代人生活的兩大隱憂。

人類飲食習慣的改變與依賴能源的程度幾乎同步演化。我們已經沒法想像不能搭車自由移動、無法上網溝通的日子，也早已習慣飲食方便、想吃就吃的生活。

一切環境機制，都為了服務現代人這些生活習慣與期待。舉目，看似理所當然的事物，其實一點都不理所當然。買一雙打折促銷的運動鞋，扯上石化原料、區域關稅，還有一位年輕女工的青春與她的健康；原想藉多走路而節能減碳，買了這雙鞋後倒先增加了碳足跡。

同樣，裹了保鮮膜在市場販售的一塊牛肉從來也不只是一塊牛肉。

任何人讀過美國記者艾瑞克・西洛瑟（Eric Scholsser）上世紀末經典之作《速食共和國：速食的黑暗面》（*Fast Food Nation*）——尤其關於屠宰廠的篇章——想要吃牛肉之前都會再思。無關宗教不鼓勵殺生，而是整個由牛到牛肉的過程過於驚悚，彷如從人類噩夢最深處蹦出來。當然，那些地獄情景不會跑到你的餐桌上來，就像現代生活的其他經驗一樣，我們所見所觸的一切往往已是整套人工產業的最終成品，早已經過高度處理、精心包裝，只剩下感官美感，包括我們自己的死亡。

西洛瑟因此用美國軍事基地來形容食品工業，看似一座躺在大自然的普通山脈，景觀萬年不變，裡面卻早已經挖空，鑿出無數房間、通道、樓層、實驗室，裡面有美髮院、球場、電影院、雜貨店，就算發生核爆，世界毀滅，幾千員工仍能自給自足幾年。那不是一座山，而是一座城市；放在你桌上的豌豆，雖然看起來、聞起來、吃起來是豌豆，卻不是豌豆。新鮮豌豆經過冷凍、包裝、運輸、解凍、烹調之後，成分營養早已起了變化，不再是原來的那把。

當消費者站在冰櫃前選肉，或坐在餐廳等著上菜，已是食品工業作業流程的最後一站。

人們對車禍、戰爭等所能造成的生命危害抱持高度警覺，卻對自己天天必要吃下肚的食品掉以輕心。當我們終於懂得質疑盤中食物時，通常如西洛瑟所描述的那位美國母親早已付出慘痛代價，她親眼目睹八歲寶貝兒子經歷了迅速而激烈的死亡，卻完全不明白發生什麼事。大腸桿菌潰爛了孩子全部器官，包括大腦，臨死前已不認得自己的母親。而她只是帶他去速食店，吃了一個漢堡。

然而，如西洛瑟寫書採訪時發現，食品工業其實是世上最大的黑幫生意，牽涉太多的利益輸送、市場壟斷、政治掛鉤乃至暴力，當他走訪那些與食品工業合作的農家牧場時，沒有人願意開口，很大原因出自害怕。資訊的不透明、生產方式的不公開，讓食物變成現代人生活安全的最大變數。

尤其在全球化時代，食物整天飛來飛去，縱使檢驗機構多如牛毛，當消費者在超級市場想要辨識食品，還是只能靠那一張張業者自行張貼的標籤，業者仍可能為利潤說謊，日本餅乾「白色戀人」就曾竄改了製造日期。食物，如同水與空氣，需要政府介入，嚴立法規，替所有人強力把關。

全球食品工業發展至此，也有跡可循。我們對待食物的態度，如同對待現代生活的所有事物，總是渴求豐富便利，還要價格低廉。精進食品工業的驅力其實跟發現原子的動機沒什麼不同，一切開端未見得惡意，卻是好意。譬如基因改造農作物，原本是為了量產、減少蟲害，乃至幫助人體自製維生素，結果卻引發許多莫名病症，專利權更淪落為企業的金錢遊戲。

已不光是美國牛肉，而是我們所吃的一切的一切。紐約已經發起百里飲食，就地取材，只吃時令；而巴黎餐廳也吹新風，打破連鎖，避免中央廚房，回歸小規模，廚師每日親上市場挑菜。現代人類的飲食習慣創造了一頭怪物，唯有透過改革飲食文化才能摧毀它。

封在時空膠囊裡的波兒故鄉

即使港人愛戴的「發哥」周潤發呼籲搶救，也沒能救下香港中環的皇后碼頭；位居日本瀨戶內海的鞆之浦港原本也面臨填海改建的命運，卻在當地居民跟縣政府打官司之後在現代化的呼喚之前打了個彎。地方法院判定縣政府敗訴，港鎮得以繼續歷史舊貌。

由於成為日本動畫大師宮崎駿電影《崖上的波妞》的景觀藍本，廣島福山市的鞆之浦港近來名滿國際。然而，這座古鎮早已赫赫有名，連日本古老和歌集《萬葉集》都曾記載。

二〇〇五年二月，宮崎駿曾來此停駐兩個月，住在一間建於高崖的屋子裡，鳥瞰蔚藍無際的瀨戶內海與依灣傍建的江戶小鎮，這間山崖小屋入了動畫便成了男孩宗介與父母居住的房子。

同年夏天，縣政府提出改造計畫，預計以五十五億日圓翻新市鎮，打算填海兩公頃，擴寬道路，增建公園與停車場，並建造一條跨海大橋，以銜接港口兩端，居民不用再像《崖上的波妞》所描繪的情景一樣，潮退之時才能跨越穿過修船廠的路面。

如此一來，詩情畫意的江戶風景勢必不見。於是，一百五十九名居民提告縣政府，阻止改建，以保護傳統文化根基。宮崎駿也罕見高調連署，批評縣政府想要以大興土木來刺激經濟，阻止人口外流，想法異常錯誤。

法官最終裁決鞆之浦港屬於日本共同文化財產，不容官員或開發商因一時經濟利益而任意毀損，同時認定鞆之浦港因為擁有特殊海岸景觀而受益，保護漁村就是保護自己的權益。

判決一出，也有支持漁港改建的當地民眾痛哭失聲，認為那些都市菁英挾持文化傲慢，不懂居住在歷史老鎮的痛苦，日日壅塞於狹窄道路，產業凋零，年輕人紛紛外移，只剩下老殘弱者，看不到明日的希望。

每個城鎮都會面臨老化。當城鎮的繁華如青春般消逝，如何重造城市生命，成為居民改善生活的渴望。然而，在尋找城市新出路之際，唯經時光沉澱才得孕育的獨特城市風貌又如何不受威脅，以留給後代無形文化資產，從來不是一個容易回答的問題。

城市向來扮演經濟驅動的角色。雖然近期幾家國際刊物不約而同大作「全球最適合人居的城市」專題，捨棄了全球大都會如紐約、東京，推崇風景如畫的人文城市如丹麥的哥本哈根、瑞典的斯德哥爾摩、德國的慕尼黑等，讚揚這些城市在自然環境、歷史人文與生活機能方面取得最恰當的平衡，經濟不再是城市的主要功能，而是提供一個舒適安全的人居環境，已故都市學家珍．雅各（Jane Jacobs）必然會同意這點。

可是，作為人類活動的交集樞紐，城市生命又必定來自於經濟發展。人們如鳥群紛然飛入汙染雜亂的城市，仍是為了其他地方無法提供的工作機會與經濟利潤。失去了經濟動力，鞆之浦港是否該像座活生生的博物館繼續存在，那麼日本全國就必須考慮如何維持這座包入時光膠囊的小鎮；譬如在十七至十九世紀銜接東京與京都的木曾路在失去交通優勢之後，如今還能保存江戶原貌，擁有些許觀光活力，全靠在地居民細心維護，也靠政府政策補助。

鞆之浦港事件也點出了現代法庭的功用。台灣社會目前對司法的普遍認知僅停留在懲罰犯罪的階段，只有殺人放火了才上法庭，不少司法人員也只以正義的使者自居。然而，現代社會強調多元價值，對於道德難以統一態度，除了毫無疑問的個人身家保障之外，有些現代紛爭其實並無一定明確對錯，而與人類文明價值有關，司法在此其實是為社會進行哲學性思辯，彰顯當下社會共識，拓展社會進步的空間。

而今香港維多莉亞港的填海工程接近完成，許多港人成長記憶中的海岸線早已消失。也許，當初港人不該去躺在碼頭抗議，由發哥率眾上法庭與港府對簿公堂，大家所懷念的皇后碼頭或許迄今猶在。

活出一個亞洲新世紀

關於地球暖化，迄今仍有大量懷疑論者，堅持那不過是一樁政治陰謀。

確實，地球暖化可能與人為活動並無直接關係，而是地球例行的星體變化，如同冰河時期發生，造成恐龍滅絕，顯然跟我們使用塑膠袋無關。然而，無論地球是否暖化，人類都必須正視能源問題。隨著物質科技愈加深植生活，人口仍舊不斷成長，能源短缺的迫切性已不容輕描淡寫。

討論能源，不僅關於日常石油價格，也關乎人類自身的生命週期與健康。透過改變能源的使用與來源，就能改變人類生活方式。全球目前正需要進行一場徹底的生活革命。

而亞洲如何能捕捉這個時間點，將所謂的「亞洲價值」及時推入新一輪的全球文明演化過程，更值得我們深思。

上一個歷史時刻，西方率先發生工業革命，而在接下來幾百年主導世界。西方強盛的物質文明造就輝煌帝國版圖，成就燦爛文化，鞏固西方對其他地區的控制與影響力。

十九世紀是歐洲世紀，二十世紀是美國世紀。美國人民在整個二十世紀享受了強盛國力所帶來的富裕生活。一切建造均為了舒適兩字，科技改造環境，食物廉價豐富，開最大的車子卻要享受最低的石油價格，超級市場堆滿便宜成衣，借錢買帶花園的大房子，刷信用卡買根本用不上的東西。那是一場快樂的美國夢。

發生信貸危機之後，不光是美國，全世界跟著從這場美夢醒過來。消費經濟模式出現破洞，經濟成長帶來幸福的概念遭到挑戰，食物量產機制雖然餵飽了大部分人，卻也破壞生態環境，毒害人體。

亞洲人一直自我期許二十一世紀是「亞洲世紀」。轉眼，進入新世紀已然十年。十年內，紐約發生九一一事件，美國帶頭反恐，造成文明關係緊張；網路打造新興社交網絡，打垮傳統媒體霸權，同時讓音樂變得無關緊要；各地氣候異常，冰山融解，能源吃緊，糧產危機；如此大環境裡，中國崛起，西方陷入二次大戰以來最大的金融危機。

當歐巴馬以史上欠債最高的美國總統身分拜訪中國，記者會上，自言自語的歐巴馬與臉色凝重的胡錦濤令世人印象深刻，彷彿標示了中美勢力消長的歷史時刻。雖然中國人平均GDP仍只有兩千美元，美國依舊高達四萬兩千元，然而，中國已超過日本，躍升第二大經濟體，國際影響力舉足輕重。

假使，在中國帶領之下，西方與亞洲果真翻轉實力，那麼，是否代表了亞洲終於能心平氣和地推廣自己的文明價值？

十九世紀以降，在西方強大陰影下，亞洲大部分時間都花在賺錢與現代化這兩件事上。亞洲始終認為西方文明固有其先進迷人之處，卻未見優於自己的悠久文明。但，因為船不堅砲不利，經濟實力不及西方，關於亞洲價值的討論往往流於簡化，非西方就是傳統，非傳統就是西方，受困於與西方對辯的框架，因之如印度聖雄甘地所說的，當你一心對抗敵人，已讓敵人定義了你。

當人類集體思考前途、調整長期由西方主導的文明方向，亞洲人當拋開與西方對抗的僵化思維，思考亞洲價值究竟代表什麼意義，積極投身全球討論，將釐清之後的價值脈絡化成可行的經濟模式，具體融入現代生活，建造品味準則。譬如，我們若不認同如西方建築師庫哈斯那種沉迷人定勝天的硬建築，而相信日本建築師隈研吾提倡的「弱建築」，就該在我們的城市少蓋鋼筋水泥，多採用天然建材，讓建築與自然和平相處。

人類面臨一個紛擾不安的二十一世紀，注重眾生和諧相處的亞洲社會正好藉機為人類文明注入新意，建造一套平衡生活，活出「亞洲世紀」的真義。

當新道德崛起

全球的新道德冠軍無疑是環保。這項新道德讓流行工業多賣了一堆手袋，也讓美國人高爾（Al Gore）得了諾貝爾和平獎。繼民主制度、反恐運動之後，環保意識堂堂進入國際政治殿堂，扮演起國家角力的槓桿點，每回與氣候變遷有關的國際會議，都像一齣齣暗潮洶湧的政治大戲，反暖化行動已是國際政經議題，而無關拯救地球。

捷克總統克勞斯把環保新道德視為一個新的意識形態，對他來說，其危險性不下於共產主義。他在美國國會發表演說，陳述環保運動如何逐漸威脅人類社會的自由，就像當年的馬克思主義，因為環保人士自認立論科學，不容爭辯，透過媒體和公關活動，繪出一幅世界末日的景象，散播恐懼因子，製造某種社會氣氛，企圖迫使決策者立下獨斷的法規，限制人們的日常生活與發展自由。他擔憂，這將改變自由社會的立基原則。

活過共產體制的克勞斯看什麼都是潛在的意識形態威脅，這番言論多少走遠了點。當他接受英國國家廣播電台節目的採訪時，鼻子高高、滿臉正義的節目主持人毫不客氣，當面斥責捷克總統拒絕相信地球暖化是目前最大全球危機，乃是一種純粹的傲慢。克勞斯回敬，他以為西方世界企圖以環保道德強加於全世界未必不是另一種傲慢。

克勞斯的聳動環保觀點卻讓我想起了台灣的本土運動。一些新的道德產生時，原是改革社會的正面力量，讓人們對當前的社會狀態與法規制度有所省思，對自己的生活方式與價值觀念有所警覺，進而調整未來進步的方向。尤其環保運動與本土意識都是現代文明的重要磐石，乃經過許多人的長期努力，才使得人類逐漸開始珍視自己生活其中的家園與土地，包括人造自然與地球自然。

然而，當新道德進入政治化過程，一些自我正義加持的勢力意圖乘著新道德的翅膀，凌駕所有的討論，企圖綁架所有的政策方向，甚至展開獵巫行動，就不得不令人擔憂新道德究竟帶來毀滅還是新生。台灣本土運動從來就是一件好事情，調整一黨專政時期留下來的政治圖騰與偶像崇拜，乃是避免不了的社會邏輯。然而，當看見一群站上台的官員熱血奔騰，口沫橫飛，為達到自己的「神聖目標」而殺紅了眼，卻不能不令人懷疑正義性是否就代表了正當性。

回顧人類社會在二十世紀所創造的道德共識，其實就是取消一切形式的壓迫，不管是政府對人民、男性對女性、成人對兒童、種族對種族、異性戀對同性戀、人類對自然、人類對動物等各種權力的濫用與地位的不等。當我們都同意了這些人道原則，要寫入政治法規時，自我道德神聖意識若太過高漲，將會蓋過了理性的思辯，把剛剛倒下的舊高牆，一磚一瓦又重新堆砌回去。

道德的省思會抵制壓迫，道德的自信則誕生壓迫。美國法官漢德（Learned Hand）對自由下了最著名的定義，自由的精神即是永遠「不確定自己是否正確」。

都市

人在東京大地震

不過年前才去了仙台。當時留宿的日式旅舍老闆娘因為擔心我排序等洗澡太無聊，給了我一塊好吃的草餅。隔日去了松島，蒼松臨海挺拔，海灣內點點蓊鬱孤島，果真一片古畫景致。而今想起仙台老闆娘和海邊的松樹，如同回憶二〇〇四年斯里蘭卡大海嘯的經歷，不免有股生還者的淡淡感傷。

二〇一一年三月十一日下午兩點四十六分，地震發生，東京公寓地板瞬間晃動，書架發出背痛似的哀鳴，每本書都急著蹺家逃跑，窗框發生人齒咬合的可怖聲響，外頭群樹搖擺起舞，電線桿擺動猶似吞了搖頭丸的夜店少年。長達五分鐘，地震就是不停。事後很多人回想，這次地震最可怕的地方就是這個「不停」。

無疑是我這輩子經歷的最大地震。

地震一停，跑到街上，已經無法聯繫朋友。早上，朋友與我寬鬆約定「下午三點多碰面，屆時再打電話。」然後就發生了日本觀測史上最大強震，電信全斷，地鐵停駛，海嘯警報發布，警察全上了街，巡邏車日英雙語沿街廣播，請大家往高處避難。

地震又開始了，人們留在戶外抽菸聊天，金黃陽光和煦，景象詭異地溫暖愉快，像幅無印良品的廣告。

平常垂著眼皮貌似卡通狗的日本首相菅直人很快上了電視，語調鎮靜，神態穩重，句句重點。原來菅直人其實是小說家藤澤周平筆下的怯劍松風，臨危並不那麼怯弱。官房長官解說救災措施，氣象廳長警告餘震，標示海嘯高危地帶，媒體不厭其煩播報求救資訊與交通細節，NHK更以日、英、中、韓、葡等五種語言輪流放送。

東京各大樓即刻開放空間，供應茶水毛毯，讓民眾入內避難，便利商店免費提供飲食，商家主動在門口擺上熱湯。夜幕降臨，溫度驟降，有些災區下起雪來。沒有了大眾運輸，許多東京上班族嘗試在寒夜徒步回家，六本木到新宿一小時，到橫濱大約八小時。全城塞車，車燈閃亮如聖誕燈飾，不聞一聲喇叭。兩旁夾道魚貫人群，井然有序，不推不擠，好像剛從武道場散場回家的演唱會觀眾。

渋谷車站前擠滿回不了家的群眾，巴士停駛，地鐵站鐵門拉下，一向把手機當身體器官般依賴的東京人在公共電話前大排長龍，等著跟家人報平安。沒人掄起拳頭敲打鐵門，沒人哭泣喊叫，沒人乘機大發政治議論。縱使滿坑滿谷都是人，那個夜晚，平時吵雜震天的渋谷車站卻安靜得有如一座露天教堂。百貨公司走道坐滿了避難民眾，有的吃麵包，有的讀雜誌，有的閉目，儘管餘震不斷，臉上肌肉不動，也不出聲，各自安頓下來，準備漫漫長夜。高掛渋谷街頭的電視畫面映出遭海嘯夷成平地的臨海村鎮，漁船赫然矗立路中央，市公所不見了，汽車跑上屋頂，煉油廠鎮夜大火燒不歇，燃亮了本應隨著日落沉入黑暗的大海。

搬來東京有些日子，我承認個人對日本社會一直有點意見，小到女性冬日為求時髦競穿皮草，市面販賣海豚肉，大到階級觀念、種族歧見、世代正義、性別意識等，尤其東京，就像巴黎、倫敦，對付窮人以及外地人沒有一點好臉色。作點露骨懺情，我的態度傾向太宰治，暗地有點「若你們說做人就得這樣，那從此請別把我算作人」的倔強。當規模九點強震發生，政府單位第一時間就位救災，企業慷慨襄助，人民自發互助，一切悶不吭聲卻迅速進行，他們的冷靜自持卻令人由衷折服。

不由得，我這個誓不為人的下流人也要讚歎，這是貨真價實的文明。文明不祇是蓋幾座歌劇院、滿城美食咖啡館，也不只是炫耀異國經驗，身穿川久保玲用iPhone侃羅蘭巴特。地震，海嘯，火山，颶風，一次次，地球無情提醒了人類，你手上那點所謂的文明根本不算什麼，隨時眨眼就消滅殆盡，管它巨大如羅馬帝國，或先進如核子反應爐。最終，文明其實關乎人的終極質地，展現在人類作為一個物種如何對待彼此的方式，以及他為了維護生命價值而個別採取的集體行為。

甚至，文明即將大規模毀滅的那一刻，真正的文明才以一個「人」的形象顯現。我有幸在不幸時刻見識了日本的文明。

中國都市化

二〇一一年十月三十一日第七十億個地球人誕生，同時，向來以農立國的中國正式成為都市國家，從今而後，中國城市人口首度超過農村人口。

上世紀之初，美國即將躍為世界第一強國，紐約瘋狂蓋樓，畫家查爾斯·席勒（Charles Sheeler）畫了〈摩天大樓〉，整張畫裡不見天空，沒有大地，只有高樓密密麻麻擠滿畫框，從它們在彼此樓身投下的陰影才能測知太陽的位置。感歎於「美國是世上最偉大的國家，空氣中充滿了節慶的氣氛」，身為紐約客的費茲傑羅當時寫道，「紐約擁有世界誕生時所散發出來的全部燦爛光輝。」

本世紀之始，換作中國拚命蓋樓。中國重新崛起，需要人間所有的光彩。除了北京、上海一級城市，也包括了其他省城如蘇州、貴陽，盡速都市化已是國家政策之一。先是為了發展出口經濟，建設城市以容納從農村到工廠的大量勞動力，現在為了將出口經濟逐漸轉型為內需經濟，都市人口遂成了國內消費市場的根基。

都市予人印象向來高汙染，揮霍物資，吞噬巨量能源，然而，令人意外的是，年初英國研究顯示，都市人其實比他的鄉村同胞耗費較少資源，因為空間密集使用以及基礎設施高度分享的緣故。三千多萬人口的東京，人均碳足跡少於北京或上海，證明了都市高度發展未必反環境，東京因為都市規畫與交通建設比較精密完善，無形中便降低了每人的環境成本。哈佛教授格雷瑟（Edward Glaeser）在他的專書《城市的勝利》（*Triumph of the City*）裡盛讚城市是人類最偉大的發明，反對郊區環境主義，當人類為了保護自己的生活品質而將住宅建在遙遠的大自然之中，反倒更傷害了環境，因為耗能耗電，且增加通勤運輸成本，「如果郊區住宅的平均環境足跡有登山靴那麼大，那麼紐約公寓的環境足跡就只有周仰傑（Jimmy Choo）設計的六吋細高跟鞋的大小而已。」

中國追求都市化，為了使最多人享受一定生活品質，然而，都市化的手法卻令人擔憂。由政府主導都市發展，與都市本質正好背道而馳。城市乃由人的流動而自然形成，猶如流水積沙，久而久之，自然形成一個都市潟湖。中國為了加快都市化，太相信政府計畫，以為只要四處選點，先蓋出想像中的都市空間，都市繁榮便會自動發生，而不是遵循都市有機發展方向去積極建設。

都市發展從來就不僅是一樁樁土地開發案，可惜，現階段許多中國城市正以此種房地產手段急速發展，猶似十九世紀的巴黎，憑空造就了一群與政府攜手的新興都市資產階級，替代了昔日的貴族，卻導致可怕的貧富差距，終於發生了一八七一年的巴黎公社革命。

在今日中國，地方官員貪腐，圖利地產商，地方政府負債極深，已不是都市化的最大隱憂，而是土地開發手法所造成的社會後果，以及開發之後究竟要完成如何的城市願景。

當都市擴展，迅速吞蝕周邊鄉村，由於中國現今法令規定農人無權賣地，地方政府得以低價徵地，農人不能獲致足夠補償，又無法待在自家農村，只好以便宜勞工形式流入都市，而中國畸形的戶口制度一日不除，這些人就只能轉成地下人口，形成都市的奴隸，當代中國的新賤民，像頭毫無尊嚴的動物任人宰割。

而那些徵收來的土地通常規畫為工業園區，並不是供市民使用的城市空間。當其他國家城市百分之五十到七十面積均屬於居民，中國城市卻往往只有百分之二十到三十。市民沒有受邀參與城市藍圖，城市發展缺乏集體凝聚力，土地像蛋糕一樣任意切出去，各自發展短期工程，真正亟待建設而且可以銜接不同城市功能、滿足大多數人日常需求的基礎設施卻遭忽略，或因粗製濫造而發生如上海地鐵追撞的公共意外。

希冀在最短時間廣泛都市化，因為要照顧最多民眾，過程中，要是犧牲了口口聲聲宣稱要照顧的大多人，顯然將成最錐人心的社會反諷。

棕色的巴黎

美國作家愛德蒙・懷特（Edmund White）旅居巴黎時去一個朋友家裡作客。該場晚宴，他形容為典型的巴黎風雅人士聚會，意即如此場景該有的細節無一遺漏，從菜色的安排、餐具的擺設方式、櫃子上的骨董和鮮花，到話題的流轉、微笑的頻率、客人的舉止，均恰到好處。多一分太多，少一分太少。是一場穠纖合度的宴會。

就在時光快樂地流逝之際，夜慢慢深了，老巴黎人親切問起懷特對巴黎的印象。懷特回答，在他所有居住過的城市裡，巴黎是包容性最大的一座。許多非裔美國藝術家與歌手在自己國家受到冷落，在巴黎獲得真實的賞識，名滿花都，還能與白人正常約會交往。她有廣大的猶太族群、回教社群、亞裔社區，她接納來自世界各地最落魄、最不入流、最頹廢的藝術家靈魂，安撫他們，養育他們，並在他們壯大之後也不吝與世界分享他們的成就。身為同性戀的懷特此時給了一句評語，他以為，「巴黎是棕色的」——無論從膚色或文化上的意義來說。

當時，在座的巴黎人都震驚了。他們顯然一點也不喜歡他的評語。原本笑盈盈的面容讓尷尬不自在的表情所取代。每一個人都沉默，氣氛不安。這些前一秒還因談論另類文化、異國旅行而沾沾自喜的巴黎人此刻露出遭冒犯的神態。懷特在他描寫巴黎的小書《漫遊者》（*The Flâneur*）中問，怎麼回事，他們不是應該很以他們城市的文化包容力為榮嗎？難道，他們認為在接納不同族群文化為巴黎的城市內容之後，他們還會是拿破崙的巴黎嗎？

二〇〇二年四月二十一日星期天，一向自認自由開放的法國人被自己第一輪總統大選的投票結果嚇了一跳。極右派勒班（Le Pen）居然高票出線，進入第二回合的競選。原本呼聲最高的左派候選人約斯平（Lionel Jospin）意外遭三振出局。法國年輕人當晚上巴黎街頭抗議，高舉標語：「我以當法國人為恥。」一位印度女記者在法國第五台說，你們在奧地利的極右政黨黨魁海德（Jörg Haider）

上台時抗議，現在你們選出自己的海德。在場的另一位法國學者強力回應，那是因為許多人滿腹怒氣，對現狀極度不滿，期待有人會站出來，魄力解決問題，因為他們覺得現在的法國已經不是他們想像中的法國了。

這種憤怒一點也不陌生。全世界都正經歷一場反撲。跟右派、左派或中間路線都不見得有直接關係。而是對人類全球化移動的反彈。譬如，前陣子的澳洲、奧地利，九一一後的美國，恐懼有色人口即將多過白人因而發起「英國原住民」運動的英國。因為戰爭，因為科技發達，因為交通便利，因為經濟需求，人類的移動前所未有地密集而流暢。這些流動造成經濟的繁榮，也引發文明的衝激；關於「我是誰」這個問題，個體擴大了解釋、選擇的權力，同時，也引起對不確定身分的焦慮。勒班的訴求很簡單有力，他反對移民，他說，「移民是法國、歐洲和全世界的最大問題，我們快要被淹沒了。」他認為，「種族不平等不是歧視，因為這個世界原來就是由階級構成。」如此，他架構了他全部的政策與施政方針，便輕易得到了百分之十七的票源。

沒有人相信勒班最後會當選法國總統，最後他也的確落選了，但當年他能擠掉約斯平進入決選，已足以教全體法國人花容失色。只要人類保持流動，此種困窘情狀將持續出現。亞洲社會如台灣、日本、中國等這類問題較少，不過因為我們的移民法規更保守嚴厲。然而，在新世紀裡，我們都必須習慣流動，無論是在別人的環境中流動或別人在自己的環境中流動；如同，我們最好開始習慣巴黎不再是白色的這項事實。

工廠作為一座城市

工廠像是一座迷你城市，有商家、理髮院和自己的警察，所有工人在此工作、吃飯睡覺、休閒活動，但主要還是沒日沒夜地工作。工廠實施半軍事化管理，一個命令一個動作。

工廠為高牆圍繞，占地遼闊，卻處處禁區，工人要是隨意亂晃，去到不該去的地方，看見不該看見的機密，立即嚴厲懲戒。園區鼓勵高效率產能，設定明確工時獎賞制度，表現良好便報酬優渥。

這裡描述的不是富士康在深圳的龍華工廠，也不是燦坤在廈門的優柏工廠，而是法國科幻小說之父朱爾・凡爾納（Jules Verne）寫於一八七九年小說《印度貴婦的五億法郎》（*Les Cinq cents millions de la Bégum*）的工廠場景。這本小說預測了二十世紀納粹主義的崛起，隱喻科技發展需均衡人性，而以歐洲十九世紀開始流行的新式工廠為背景，凸顯這些以工廠為家的工人的命運。

受了當時社會主義影響，凡爾納的工廠按照工人烏托邦而造，此種社會幻想以後將延伸為以色列的集體農場、中國的人民公社。以十九世紀標準，凡爾納的工廠脫離了狄更斯筆下的血汗工廠，其實是一個設備先進、秩序管理的「現代」工廠，但是，理應快樂集體勞動生活的工人卻依然疲憊不堪，感覺生命無望。二十一世紀的富士康工廠也不是一座人間煉獄，沒有童奴也沒有皮鞭，該有的園區設施都有，加班有加班費，卻沒能阻止年輕工人近來如雨點由高往下跳。

說是工廠，其實是一座三十萬人的速成城市。為了帶給員工便利而蓋成一座城市，卻恰恰違反了城市的基本原則。城市的出現由於自由市場的發生，強調開放多元，而工廠「類」城市只注重單面供需，一切關於控管，看似具備城市機能，實非生機盎然的都市環境。入住廠區，就像住進孩子用來扮家家酒的娃娃屋，一切只是現實的替代品，不能真正滿足一個人在世上扎根生活所必備的養分，例如每人都需要的親密關係，周圍只剩下因為工作而臨時湊合的人群，白天作同事，晚上也要當朋友和家人。工作場所產生的摩擦競爭，因為缺乏其他如家庭生活、獨居公寓等生活區塊的調和，因此很難化解，只能夜夜直接帶進夢中。

以廠為城的概念擴大之後，就成了美國的「企業城市」，整座城市的建造都為了支持一家企業。人們來到這裡定居，不是為了豐富的文化活動或鳥語花香的公園，純粹為了就近上工，郵局、銀行、學校跟著設立，提供這些工人的日常需求，以讓他們專心工作。企業控制城市，形成國中之國；企業是工人的國家，工廠是工人的世界。城鎮起落連接企業盛衰，如美國通用汽車與密西根州小鎮弗林特之間的關係，當企業凋零，城市頓成鬼城。

工廠與工人猶如唇齒相依。工廠雖是工作的中心，卻不該是生活的全部。如何不讓整代中國工人成為碎片人，應該從還給他們一個完整自由的生活環境開始。

未來的古蹟

再偉大的城市也需要都市更新。都市更新卻不只拆建樓房而已，而是不斷活用、改裝、重組既有的城市空間，從而創生新空間，有效滿足當代人的日常需求，也讓時間沉澱城市細節，透過人們使用空間的方式，而不是城市規畫，來展現城市美學。

台北市容雜亂，硬體落後，遠近馳名。然而，都市空間有機生長，適合人居，市民生活從容有致。這幾年，鄰近幾個亞洲城市蓬勃建設，追逐資本成長，機場新蓋，古蹟活用，街道整齊，「豪宅」成了最時髦的地產商品。對比之下，台北無動於衷，繼續生活。公寓老舊無所謂，不圖虛榮，但也只是用著，不似東京居民砸錢精治。向來相信也誇口俗民活力的台北，拿夜市當觀光重點，宣揚里巷之美，但商家屢與住家衝突，巷弄停滿車輛與摩托車，常有司機抄小巷，喇叭亂轟路人，根本沒法散步。

雖處太平洋地震帶，突然間蓋了一棟世界最高樓，台北仍不以市貌美麗馳名。高架橋冒雜草，道路修整不休，一簇簇潦草公寓房子長得像違章建築，骯髒，缺乏保養。除了零星漂亮老建築，大型公共建物均不起眼。

難得出現野心勃勃的新建案，台大人文館請了本土建築師簡學義，台大社科院請了日本的伊東豐雄，打造高雄世運館的伊東豐雄也將與本土建築師陳瑞憲一起打造松山菸廠文化區，而荷蘭的庫哈斯（Rem Koolhaas）將會建造士林夜市旁的台北藝術中心。這些建築計畫值得注目。執行之前，卻已引發爭議，大抵不脫在地環境與新建築之間的協調，細節需要推敲。

台灣近年來關注觀光。經濟、司法、環保、人文等社會議題，討論膠著到最後就蹦出「觀光」兩字，彷彿那是繼製造業、科技業之後開啟未來的神奇鑰匙。然而，高等遊客依然稀落，大陸客源未見大盛，居然，就祭出了博弈觀光。且不論全球博弈正走下坡、台灣離島是否真具競爭力，建築觀光是另一個值得考慮的發展方向。

建築觀光成為時髦的旅行概念，對城市來說一舉三得：重整舊市區，如上海新天地；刺激城市經濟，如東京六本木；成為城市地標，吸引觀光客，如巴黎鐵塔。缺少海洋資源，也無高山林景，對城市來說，建築就是觀光勝地。

已擁豐厚觀光資源的城市也不斷藉建築改造自己，巴黎在舊凱旋門外加了新凱旋門，在羅浮宮建玻璃金字塔，倫敦起了倫敦之眼和砲彈摩天樓，北京利用奧運蓋了鳥巢、水立方。而今，遊客去北京不是為了紫禁城，而是狀似水煮蛋的國家大劇院以及如同一條變形牛仔褲的中央電視台。

建築帶動觀光，甚至令城市起死回生，最成功例子是西班牙畢爾包的古根漢美術館。畢爾包本是一座沒沒無聞且已沒落的港口城市，充斥工業建物，地貌灰暗殘舊。一九九七年北美建築師法蘭克・蓋瑞（Frank O. Gehry）在當地河岸蓋了一座結構壯麗宛如雕塑的美術館，夕陽下金光閃閃，彷如一艘蓄勢揚帆的大船。這棟令建築同儕盛讚「當代最偉大建築」的美術館，從此將畢爾包在世界地圖上標示出來。旅客絡繹不絕，只為了參觀蓋瑞的建築，就像湧進巴黎看畢卡索畫作。

值得指出，風格戲劇化的蓋瑞在河面這頭一如往常創造驚人的視覺效果，曲線不規則，外包金屬鱗片；與城鎮接壤的那頭，卻選擇了樸實外觀，不造成突兀，自然銜接當地景觀，以表對傳統街道的尊重。

建築師的省思令人尊敬。所有藝術家之中，建築師是最幸運也最不幸的。建築師的幸運在於每棟建築都是他藝術成就的紀念碑。不似深藏圖書館發霉的舊書，建築師作品必與當代人活在同一時空，形塑人們眺望世界的角度，決定生活形式，界定人與環境的關係。建築師的不幸則在於作品誕生過程之複雜，永遠必須在夢想與現實之間取得平衡。不像其他藝術家能獨力完成作品，建築師需要地產商的金錢和政治家的支持，須與工作團隊合作，跟時間預算賽跑。如法國建築師保羅・安德魯（Paul Andreu）所強調，每件建築的建造都是漫漫長夜。

建築師作品所帶給人們的幸與不幸也同等地極大化。當建築師完成一件極品，人們從他作品所感受的生命喜悅是那麼純粹，融入日常感官，像空氣一樣在你我周圍，天天都是享受。反之，作家寫壞了一本書，燒掉就算了，建築師蓋壞了一棟樓，卻是全部人承擔苦果。尤其對那些每天使用的人來說，簡直墮入煉獄。庫哈斯蓋在北京的中央電視台大樓雖然前衛，但，已有許多聲音提出將來維修問題，也關切以後需要天天在裡面工作的員工的健康與安全。

有了偉大藝術家，城市才能偉大。藝術家與城市的命運交纏，造就了紐約、巴黎等偉大城市。

台北的建築地貌無疑需要奢華升級。但，城市的想像力一直缺席。奢華，不是指消費行為，而是建設的野心、美學的抱負，以及對城市的期許。用一塊地，鋪一塊磚，或留一棟樓，都應當超越當下，遠眺百年。講究的是對時光的奢侈，這一手筆下去就是起碼五十年的意思。

今日的城市，是未來的古蹟。都市更新是為了建設一座留給未來的城市。不見得需要偉大，但可以雋永。

舊就是新

巴黎右岸莎瑪麗丹百貨公司（La Samaritaine）終於決定裝修。面對塞納河最古老的「新橋」，頂樓酒吧因擁有全巴黎最佳視野，昔日盛名鼎盛，如今將由日本建築師妹島和世改建成奢華酒店，尚未動工已全城騷動，等著登高吹夜風，手持杯酒鳥瞰滿城燈火，重溫過往風華。

始於一八七〇年，莎瑪麗丹從上世紀七〇年代就業績慘澹，一路虧損到二十一世紀初，最終不得不賣給左岸的敵手好市場百貨公司（Le Bon Marche）。二〇〇五年因為不符合消防規定，乾脆直接拉下鐵門，不做生意了。多年來，大門深鎖，新藝術風格的複雜窗飾正好藏汙納垢，外表殘破，每逢夜風捲起，原本應該踏滿人跡的門廊漫天飛塵，間雜遊客隨手亂扔的垃圾，分外淒涼。周圍一帶商業區也跟著沒落，人們只路過，並不逗留。

莎瑪麗丹當年關門，對外說法是沒通過消防年檢，民間八卦這只是藉口，業主算算帳本，若重整大樓，以符合現代建物標準，花費太大，不如關門。城市更新過程中，常見此種現象，就地升級不如拆掉重建來得經濟。保存舊地貌，要幫老樓裝上現代排汙系統、消防設施，水管、電力、網路等等，符合現代生活期待與安全法規，工程浩大，成本過高，但完成之後空間使用依然有限，不能容納日益增加的城市人口。《城市的勝利》一書作者愛德華．格雷瑟提醒城市保存有其成本，當城市迅速富強，阻止舊城區改建，新建大樓，像巴黎市中心只以保存為先，對新建案設下種種限制，使得原本就地稀人多的城市無法新創空間，地價於是居高不下，使得巴黎不能像過去接濟貧窮的藝術家，變成一座有錢人才住得起的城市，而窮人與新移民都必須退居城市外圍。他舉上海為例，認為上海發展急速，一般市民仍負擔得起房價，即因上海不排斥變成一座垂直發展的高樓城市。

然而，愈來愈多城市卻仿巴黎路子，保存舊樓，更新老社區，以部分改建替代完全拆遷。不僅為了保存城市記憶，更因為商業經濟利益。當流動方便，旅行逐漸普及，愈來愈多城市亟欲增加自身的旅遊娛樂價值，以吸引觀光收入，刺激商業活動，如何在眾多愈來愈面目模糊的全球都市中凸顯，保存並打造文化特色已成為城市發展重點。

本身沒什麼自然資源的新加坡近幾年推廣文化旅遊不遺餘力，將舊郵局改成高級酒店，天主教男校改成美術館，把老英軍宿舍變身為餐飲區，紅燈碼頭早先是旅客移民抵達新加坡的登陸點，如今是精品旅館，二樓酒吧眺望整座濱海灣，成了全城新焦點。雖然格雷瑟宣稱上海不介意垂直發展，浦東儼然是新建築實驗場，但是，全世界畢竟都為了那條金碧輝煌、獨一無二的外灘來到上海。上海新天地的成功，更引發南京等城一連串模仿。

城市人向來追異求奇，這些舊翻新的城市地點，像軍工廠改建的畫廊或之前是當鋪的高檔餐廳，脫離現代日常，呈現時代氛圍，既時髦又懷舊，彷彿電影場景，喝杯咖啡或買件長褲這般尋常舉動，卻因場所的錯置感，而產生了浪漫情愫，不止旅客、連當地市民也愛。同樣商業動機促使莎瑪麗丹把百年百貨字號改成餐飲旅館生意，留住新藝術時代的美感，填充當代的消費行為。

翻修舊社區，變成摩登新城區，於是變成一門城市好生意，時下所有全球城市都熱中於舊翻新，一方面招攬全球旅人，來城裡談生意、觀光購物，一方面服務新興中產階級，讓他們有地方休閒消費。看是一舉多得，然而，卻也有負面代價，因為城市從來不是空地，到處都有人住，當重新定義某塊土地，新族群湧入，勢必會推擠出舊族群。所有人驚豔於上海新天地之時，原來使用這塊地的舊市民卻已不知搬遷何方，而地價隨之高漲，提高生活成本，也會間接驅離附近住民，迫使他們放棄家園。

若只是保持了建築皮相，裡頭卻沒有原始的居民與原汁原味的生活文化，只剩下空軀殼的城市，縱使外表精緻華麗，不免流於主題樂園的空洞，將城市文化簡化為一種商品，而我們每一個人都變成消費者。城市文化不再是一整套龐大精深的群體在地生活，變成一只名牌旅行袋，躺在旅遊櫥窗，等候買家。

城市是人，人才能給予城市靈魂。新身軀或舊外貌，都需要靈魂，才能發光燦爛。

全球都市

高雄光彩辦世運，台北辦了聽障奧運、國際花卉博覽會，倫敦、北京等老城市爭相主辦奧運，澳門開始舉辦文學節，新加坡每年封路辦Ｆ１夜間賽事。

舉辦藝術節、運動賽事或大型活動，在城市間成為一種全球流行。既打響城市名號，拓展城市觀光，吸引大批遊客，又能名正言順規畫市容，推動公共建物，升等基礎建設。因此，就算冒著浪費公帑、好大喜功的危險，世界各地市政府仍拚了命要爭取各項主辦權。

然而，在城市經濟即為全球經濟根基的年代裡，對這些市政府來說，花大錢舉辦這些勾人眼球的國際活動，已不僅關乎免費的城市旅遊廣告，帶來觀光人潮，刺激當地經濟，而是包含了更遠大的城市野心，即成為一座所謂的全球都市。

藉由舉辦一場國際賽事即升格為全球都市，宛如少女夢想一日走在路上被星探發掘，從此一炮而紅，只能說夢想雖美，很難成真。北京花了十年準備，花費大量人力金錢，風光了一個夏天，而今，與雅典、雪梨一樣受苦於所謂的「奧運症候群」，大筆投資不可能回收，專為奧運建造的硬體設施無法轉為日常使用，人流降低，周遭地產價格下滑，宏偉壯觀的鳥巢體育館只得讓觀光客付五十元站在昔日運動員領獎的平台上拍照，賺點聊勝於無的門票。

然而，城市夢想成為全球都市，簡直是一種具高度傳染力的熱病。凡是對自己有點期許的城市，大抵都忍不住有此美麗幻想。也或許如此，台灣馬政府提出三都十五縣的概念，以為強力集中城市資源與人口，就能在不過三百公里長的台灣島上擠出三個「國際都市」的規模；或，至少往這個方向去。

可是，無論從硬體設備、軟體配套或政策法規來看，台灣社會目前看不見一個全球都市的可能性。一個都沒有。這不是馬政府自己關起門來把行政院所有便條紙上的縣轄市寫成直轄市，就能像神仙教母的仙女棒一樣，把一堆石頭直接點成傳說中的聖城。

台灣長期遭受國際忽視，能夠主辦國際活動實屬不易。除了短暫滿足一點自尊心，若要藉國際活動來打造一座全球都市，台灣需要先了解，所謂的全球都市並不只是讓別人看見自己，而是讓全世界擁有自己。

與世界接軌，既要走向世界，更要讓世界走向自己。這裡指的不只開放觀光，而是讓自己為世界所用，包括自己的機場車站、交通網絡、金融法制、城市設施、文化活動；所有一切，全球都能來享用。全球都市不是一座擺在那裡好看的鳥巢體育館，讓大家偶爾進場瞻仰，而應是一處任誰想使用都能自由進出、甚至逗留的地方。

一九九一年美國教授莎森（Saskia Sassen）出版《全球都市》（*The Global City: New York, London and Tokyo*）一書，比較紐約、倫敦與東京三座城市，首度提出「全球都市」的概念。一般定義全球都市均以城市名氣、經濟規模、金融貿易、人口數量與文化種類為指標。都市本身基本體質雖然決定命運，但，我以為，奠定城市成為「全球都市」或「地方都市」的發展格局，不僅是活躍的資本活動，而是這座城市對其他城市是否有一定影響力，為全球及區域的文化經濟活動提供難以取代的樞紐功能。換言之，全球都市其實不是「領導」其他都市，卻是「服務」他們。因為法規、關稅、文化觀念、環境設備等限制，其他都市辦不到，人們倚賴全球都市來處理。

因此，若要當一座全球都市，並不一定要擁有紐約的腹地、倫敦的歷史或東京的人口這類體質要素，而是回歸城市本質，發揮城市之所為城市的最大優點，即提供完善設施與成熟法制，讓來自四方的人們生活方便，投資創業，安心工作，實現自我。

譬如高雄作為港都，早已初具全球都市骨骼，其實不像世運廣告描述般對國際事務感到陌生。世運猶如美好煙火，一夜璀璨，天亮之後，真正能讓高雄朝全球都市挺進的動力應是面向大海的港灣胸襟，勇於張開臂彎擁抱每一個陌生水手入港。

讓城市起飛

適逢五都選舉，松山、羽田對飛，桃園機場掛牌上市，國際化的城市動線儼然是這波社會討論呼之欲出的脈絡。

全球前兩名最優機場，均在亞洲：香港赤鱲角機場，新加坡樟宜機場。起降資訊準確即時，旅客動線清楚，服務敏捷效率，國際語言通用，環境光潔舒適，機場接駁系統成熟多樣，簽證出入簡易，最後才是餐飲服務和購物商場。

這兩座機場有個共同特色：飛行，其實屬於城市經驗的一部分。香港跟新加坡，皆擁有城市國家的性格，因此當他們在規畫機場時，並不將機場當作一處外掛於城市的獨立空間，如東京與成田機場的關係，而是當作城市空間的延伸、城市生活的再延展，所以他們注重機場與市內交通的連接，也把機場的空間配置當作城市內容來規畫。當旅客從香港中環搭機場快線去機場，不覺已出了香港市中心，整體經驗彷彿他搭地鐵去銅鑼灣，只是坐地鐵時間長一點。機場也算一塊市區，繼續旅客的香港經驗。

搭飛機，已屬當代人的日常經驗。機場在現代，就像十九世紀的火車站、二十世紀的巴士站，常見且必要。當人們搭火車坐巴士，務求簡易方便，過程不痛苦。火車站跟巴士站均設在市中心，就是為了讓人們盡速進出城市，空間安排則講究如何減低人們等待的焦慮。

飛機因為體積過大，產生巨量噪音，需要極長的助跑道，因此機場不宜離市中心過近，然而，人們對機場與火車站的期待依然差異不大，首重快速便利，以減輕舟車勞頓之感。正因人們這點心態，上海的虹橋、東京的羽田、台北的松山等市內老機場原來打算熄燈休業，近年來紛紛重啟服務，還擴大營業。

城市，強調流動。流動意味著商機、人才與資本。台灣若真的認真想要發展五個國際化都市，城市動線勢必加入藍圖之中，這些機場與城市之間的關係也需嚴肅對待。人們該從哪裡降落，才能迅速進入哪些城市，過程要滑順，機場如何增添，而不是破壞城市的生活品質，其實是每座追求國際化的城市必然面臨的挑戰。

除了台北市，台灣最倚賴的桃園機場與其他重要城市其實也很難接駁。譬如，新竹科學園區最需與國際接軌，而要去新竹的國際旅人在桃園降落，得先去中壢再轉車，連直達巴士都沒有。台灣說大不大，城市之間在高鐵出現之前卻跋涉困難，如今有了高鐵，機場跟高鐵依然銜接落差。顯然，在台灣，出發與抵達依然不屬於日常城市經驗，仍算作與生活斷裂的特殊事件。當流動是一種麻煩，城市競爭優勢也跟著流失。

桃園國際機場亟需大力改革已不在言下。當重新思考機場的定位，已不只關於「國門」自尊，更牽動城市機能，影響全部人的生活內容。二十一世紀的台灣納稅人需要一個優質的「飛機站」。

都市之母

珍．雅各以八十九歲高齡逝世。堪稱二十世紀最重要的都市思想家，珍．雅各一九六一年出版她的名著《偉大城市的誕生與衰亡》（*The Death and Life of Great American Cities*）以來，挑戰了所有都市計畫家與官僚菁英，從此改變了人們對城市生命的看法。

珍．雅各的論點非常樸素。她認為城市的命脈在於多元；達到這個目的，唯有讓城市有機成長，而不是透過建築師的書房想像力。她舉例她喜愛的紐約格林威治村為原型，細細描繪那些矮層樓房如何新舊並列，街道商家混雜，人潮熙攘，樓上居民來自五湖四海，互通聲息。珍．雅各宣稱，開放的街道是城市的靈魂，唯有歡迎人來人往的街道才有生機，也才能提供保障。她觀察，由於商店老闆總是站在櫃檯後或不時出來透氣，當附近居民的孩子在人行道戲耍時，他們代表了社會的所有成年人在旁監管；而經營很晚的酒吧則提供深夜的保護，婦女因此不怕單獨走路回家，因為酒吧的明亮光線與熱鬧人群讓她感到安全。同時，那些都市規畫者所建造的商業中心與大型住宅區，因為不自然的人口遷入與過度強調單項功能，往往一入夜便宛如鬼城，只有犯罪者與沒有選擇的窮人才會勉強待著。

人類整個二十世紀都活在美國主導的物質主義之下，科技讓建築技術向不可能挑戰，一切都向創新看齊，現代的意義被誤解為僅僅代表物質上的不斷革新，城市一再重整，能源過度開發，資源很快浪費，而人類世界依舊欲壑難填。可以想見，珍．雅各的觀點剛剛發表時，立刻被建築師、地產商及政府官員斥為婦人之見。尤其她從未接受任何正規學術訓練，只是個小祕書和三個孩子的媽媽，至今仍常常被「有識之士」拿出來當作她識見難免天真的證據。她最著名的敵手就是紐約市的建築大師羅勃．摩西斯（Robert Moses），一次她當面質疑摩西斯的一項偉大工程，這位學養深厚的都市皇帝禁不住大吼：「沒有人反對這件事——

沒有人，沒有人，沒有人，只有一群……婆婆媽媽！」

結果，歷史選擇了這位媽媽的格林威治村，而不是建築師柯比意（Le Corbusier）的科幻之都。

珍·雅各的意義遠超過一個都市哲學家。當然她教會了世人如何去看待自己的城市，呵護它，並與之成長。我個人從珍·雅各身上學到的是獨立思考的精神。當權威者拿出一份設計漂亮的藍圖，告訴人們這才是美好未來時，珍·雅各抗拒了這份閃亮的誘惑，用她自己的樸實觀察與真誠洞見說出城市的另一個故事。她不是從她的學術野心、金錢貪念或權力渴求去塑造她的觀點。她的一切立論基礎都來自活生生的街道。「真相總是具體而微」，德國劇作家布萊希特如是說。珍·雅各從現實攫取她的真相，因此她的聲音永遠清晰，直達核心。

「設計一個夢幻城市是簡單的，重新打造一個有生氣的城市則需要想像力。」當北京拆遷胡同，迎來許許多多國際建築，上海拚命把舊社區老樓變成高消費的私人俱樂部，令普通人止步，香港官僚與財團攜手拆碼頭填海蓋大樓，而中國各大省城不斷規畫開發所謂的園區，珍·雅各的聲音總會在我耳邊響起。

城市之癌

「觀光是城市之癌。」不時發言凸槌的英女王丈夫菲利普親王因為不滿倫敦交通糟糕，怪罪於每年湧入倫敦的三千萬觀光客。面對日益增加的大量中國觀光客，此時此刻，港澳居民對菲利普親王這句明顯政治不正確的評語，恐怕多少有點百感交集。

澳門生活步調一向悠閒，市容安靜小巧，不到幾年，賭城一座蓋得比一座巨大，街道擠滿內地觀光客，什麼都買。餐廳爆滿，小巷擁擠，入了夜，威尼斯人、銀河酒店如同古代宮殿，從黑夜深處升起，金碧輝煌，耀如白日，照得行人渺小卑微，周圍舊街老店硬給塞進了夜晚的陰影裡。本地人抱怨再也招不到計程車，司機全去了賭場門口排隊，因為賭客才會大方撒小費。一個土生土長的澳門女孩子說，她覺得她的城市不再屬於她，因為走在路上，根本聽不見自家鄉音。

香港居民與大陸遊客的衝突更前所未見。內地豪客已經不是來吃吃喝喝，買點名牌奢侈品，他們大手筆炒樓炒股，依賴香港銀行系統存錢做投資，使用香港醫療設施治病生孩子，送孩子進香港學校受雙語教育。以前是香港市民早上搭車去內地，吃飯按摩買便宜貨，晚上趕回香港。現在是內地遊客早上搭車來香港，吃飯購物買樓順拎奶粉，晚上趕回內地。

香港本來就是設計成一座向全世界開放的全球城市，無論誰來，只要符合法定規則，就能在香港開戶投資、定居工作。這兩年內地豪客數量如此之多，雖然信奉「有錢就是大爺」法則，香港這座資本之都也大喊吃不消。近來幾起香港居民與內地遊客的衝突事件，無非便反映了這波大陸觀光潮的反挫聲音。

雖然，香港因之嚷著要立法，不讓內地孕婦隨便闖關來港產子，還稱內地遊客為蝗蟲，但，無論如何，香港的立市精神仍非自閉內縮。當香港回歸時，不少英國人曾感慨世上最好的城市其實是香港，因為香港是唯一真正遵循自由精神而建造而運轉的全球城市，任何人來此都有歸屬感。再精良的制度都會有人濫用，再完善的法律也會有人鑽洞，問題是應該因此而完全放棄自己的制度基點與社會信念嗎？

若香港不持續開放，不堅守法治，不相信自由，就不是香港了。香港從來就是屬於全世界，即使是回歸之後。就像巴黎並不僅是法國人的首都，平均每年來自世界各地的遊客就有四千兩百萬人，還不包括移民、留學生、難民等。面臨中國經濟崛起的震撼效應，香港與澳門——甚至新加坡，以及未來的台灣——當然應該及早擬定因應措施，擴大城市設施，強化城市品質，並兼顧本地社會的社區保存與文化發展。

蝗蟲還是狗，都只是一時的修辭遊戲。兩岸三地的華人社會真正需要認真討論的，卻是為何內地孕婦認定需要去港產子，為何中國家長不能在自家巷口購買奶粉，中國富人為何一有錢就覺得必須帶資金外逃，忍心把孩子遠送他鄉上學。他們在澳門賭城流連忘返，刷卡買表換現金時，內心究竟都在想些什麼。

當一個人在自己家園生活不感安全時，觀光只是離家的藉口，而旅行便成了一種變項的逃亡。

第二個靈魂

城市人出門度假，卻愛上了原本只是暫時停留的他方，既離不開原屬的城市，又留戀假期的生命情境，乾脆在度假地點買下了第二個家，以容納日常城市之外的另一個自己。就像結了婚的人愛上了配偶以外的對象，但又不打算離開婚姻，就這麼展開雙重生活。

來來去去，既在此城，又在彼城。同一個男人，既在妻子公寓吃飯，又去情婦住處過夜，時空變化，他以為自己也變了，卻依然抽同一牌子香菸，愛吃同種乾酪，在不同屋子看相同的電視節目，在相異的社區喝一樣的啤酒。他以為兩個地點將分化他的靈魂，兩個女人會撕裂他的心智，他卻用他頑固的生活習慣同化了兩個地點，以他不變的性愛技巧應付了兩個女人。

巴黎人的休假都市多維爾（Deauville）因此裝進了巴黎人愛逛的名牌店，販賣巴黎人習慣使用的藥妝品，飯店人員說著巴黎腔法文，餐廳裝潢像是直接從巴黎十六區搬過來，巴黎人離不開的各種服務在多維爾都有，包括那些巴黎人宣稱亟欲逃開的社交圈子。同樣一批人，週四晚一道參加了凡登廣場（Place Vendôme）上麗池酒店的雞尾酒派對，週六早晨又坐在多維爾的皇家巴里爾飯店（Royal Barriere Hotel）戶外陽台，一塊吃早午餐。

成天嚷著逃離巴黎去多維爾度假的巴黎人，硬是把英吉利海峽變成了塞納河。當他們躺在沙灘上，一間間刻滿美國影星名字的小棚屋沿著海岸線一路排列開來，他們臉上的表情就跟平常在自家城市河邊散步的神情一樣高傲自滿，不可一世。

而東京人則把自己對咖啡館及異國美食的喜愛搬進了他們的避暑勝地輕井澤，嘗塊頂級法式乳酪蛋糕，比吃碗道地豬排飯來得容易。四處林立的休假豪宅吹噓著城市人的奢華品味，每個門牌號碼都代表了一個富裕的城市家庭，都市名人把他們的傳奇帶入這片深幽山林，烙印在每個角落，當年天皇與皇后在這個網球場相遇，約翰藍儂過世前每年度假都在這間店喝咖啡，平時你在東京見不到的大人物，現在你能在他們的鄉村俱樂部跟他們同桌打牌，跟他們在同一條林蔭小徑騎單車，甚至受邀去他們的假期小屋喝杯茶。人到了鄉下，總是沒啥大事可做，少了都市那些人情規則，人也變得可親了。在路上看見銀行總裁，他會和氣微笑，停下來，像名多年鄰居跟你閒聊兩句園藝。

如何從鄉村包圍城市，巴爾札克若活著一定想寫下這種都市傳說。故事中，一名菲律賓豪門貴婦在巴黎城中心置產，買下一層豪貴古宅，裝滿奢華家具與無數珍寶藝術，滿心以為就能立即受到巴黎社交圈子的歡迎，無奈叩遍所有巴黎大門，始終不得其門而入。終於，某個可能因為腦筋不正常而發了佛心的巴黎人善意指點她，置產聖潔曼大道倒不如去南方普羅旺斯省買棟帶泳池的氣派山莊。整個夏天，她待在她山莊所在的法式村子，左邊鄰居是常上電視的巴黎文人，為了貪戀她後院的寬敞游泳池，沒事就來找她喝咖啡，順道游泳，右邊鄰居是家產萬貫什麼都不做的貴族後裔，因為每晚無聊沒事做，只好找她去打牌聊天，動不動就說「我一九六八年去過中國」，雖然菲律賓跟中國不怎麼有直接關係，後面鄰居則是搖滾樂歌手，成天吸菸抽大麻而口齒不清，為了貪便宜而不斷跳過樹籬，直接衝到她家廚房開冰箱拿啤酒喝。前邊鄰居本來一直不理她，有天出門開車撞到她家的狗，因而不得不送個巧克力籃過來，客氣寒暄兩句，才發現原來大家在巴黎住同一棟樓，於是留下名片，歡迎她回到巴黎時去他家坐坐。當乾冷季風從北部長驅直入時，她關上她的度假山莊，回到她的聖潔曼大道，所有巴黎客廳的大門均神奇向她敞開。為了走入她心中的巴黎，她先繞道普羅旺斯。

巴黎新浪潮導演侯麥最愛拍這些度假屋子的故事。影片開始，總是為了誰該跟誰去度假、該去哪裡度假、住誰的房子，而夾纏不休，令人頭昏。《綠光》（*Le Rayon vert*）裡，出發前臨時遭男友拋棄的女主角便在自己的巴黎公寓、朋友的阿爾卑斯山小屋、女友親戚的海濱房子之間不斷折騰，就像她亂無頭緒的徬徨人生。而《克萊兒之膝》（*Le Genou de Claire*）片中，定期去阿爾卑斯山湖濱度假的中年男人為了向舊日情人證明自己即使即將結婚，依然不減情聖風采，因而玩起勾引年輕女孩的遊戲，其實說穿了也該是那些迷人的度假屋概念讓大家都沖昏了頭，忘了自己原始的模樣。到了《春天的故事》（*Conte de Printemps*），又是在都市人所謂的「第二個家」裡巧解人生的習題。

是侯麥說的，「如果你有兩個情人，你將迷失你的靈魂；如果你有兩個家，你將喪失你的心智。」

記憶是一台時光機器

經常路過街角那間商店，始終搞不清楚裡頭究竟在賣什麼；每天都在那個人左邊的桌子工作，卻連他右臉頰有顆痣也不知道。今晚，對生命不再有任何期待的都市人第一次踏進這裡，一個全然陌生的城市角落，居然渾身起了雞皮疙瘩。

我來過這裡。

從何時開始，這個記憶。因為身體尚未忘記昔日舊習慣，所以一下子便找到了自己該坐下來的那把椅子，還是因為「我」遭城市擊敗後的酸楚讓我寧願相信，自始至終，我本該歸屬此地，而不是外面那處無情的街頭。

記憶以一種奇怪的方式運作。或許是吧檯後那張善解人意的笑臉，或許是天花板那支轉個不停的鐵片風扇，或許是威士忌從酒瓶倒出時所散發的醇厚香氣，一點細節，化身一道線索，遂成一根細細的釣魚絲，從記憶的幽暗深處鉤出一處自己以為從不曾經歷卻再熟悉不過的時空。

似曾相識。記得這塊地方的「我」是這輩子的我，還是上輩子的我，而下輩子，那個「我」還能不能懂得如何循路歸來。也許我當初就不該離開。電影裡，旅館牆上照片裡的美麗女伶只是一個陌生的古人，還是自己即將穿越時空相識的戀人，如果沒有執意穿透記憶迷霧，毅然決然與她相遇，《似曾相識》（*Somewhere in Time*）的男作家又怎麼知道那朵永恆凝固於水銀底片的燦爛微笑，原來是情人看見他走進來時無限喜悅的剎那見證。那是她的過去，也是他的未來，更是他們共用的現在。

城市記憶的方式與人腦不同，不懂分類，不分輕重，也不管前後，只是統統放進同一空間，讓事件集體發生。這座城市，就像一盞阿拉丁神燈，什麼記憶都塞在裡頭。若要招喚一件記憶，只需擦擦燈身。

東京新宿的簇新高樓腳下，就在木造老街坊的黃金街裡，昔日飲食街，今日酒吧町，這間跟著克里斯·馬克（Chris Marker）電影命名的小小酒館「堤」擠在二樓，兩張榻榻米大，時空並置只是每晚例行演練的儀式。人們叫做「記憶」的那種東西，就裝在一支支寫上主人名字的酒瓶，窩在繁華大城的寒酸角落，耐心等著時空旅人突破重重宇宙法規，超越遼闊時空距離，隨時從地鐵走上來喝一杯，彷彿前夜他才來過，而不是上個世紀。那些隨手寫在酒瓶上的顯赫人名就像人人私下口耳相傳的都市傳奇，隨著周遭時空的轉變，愈發閃耀如都市霓虹燈，令人無法逼視。

是城市使人偉大，還是人使城市偉大。伍迪．艾倫（Woody Allen）的《午夜巴黎》（*Midnight in Paris*）沒有直接回答這個問題。但是，無論是對現實不滿而決定回到城市的過去，還是因為留戀過去而必須參與城市的現實，畢竟還是人影響了我們對城市的記憶。

後來讓泰瑞．紀蘭（Terry Gilliam）拿來當作《未來總動員》（*Twelve Monkeys*）電影藍本的《堤》（*La jetée*），那名背負世界存亡使命的時空旅人因為一張女人的臉而回到已經遭戰爭毀滅的過去，找到消逝不再的童年，尋到以為不存在的愛情。當未來人類邀他加入他們的新世界，他依然選擇回去那張臉的舊世界。記憶中的巴黎，仍有著真實的靜謐午後，真實的墓園，真實的綠地，和真實的戀情。而少了記憶的巴黎，管它是一九二〇年或一八九〇年，就算周圍環繞了多少藝術家、小說家、舞者、詩人、社交名媛，都不會是美好年代。

因為城市有了記憶，人們才能夠一再回到同一個人身邊，一再去同間酒館聊天，一再去同家麵店喝湯，猶如頑垢緊緊依附著城市角落，享受時光雕塑出來的空間。沒有了記憶的城市，就沒有家的感覺。因此，我們會像痛恨戀人無預警分手般痛恨各式城市拆遷，只因他們改了火車站的外貌，便在自家城市嗅到一股濃重的鄉愁。

然而，我們終究無法阻止城市演變，一如我們無法阻擋歲月流逝。於是，每座城市都有他們自己的新宿黃金坊，裡面每間小酒館都藏著人們的記憶，在時光洪流中築起一道堤，企圖替每個思鄉的都市浪子找到回家的路。

靠著一枚硬幣，靠著一輛舊式馬車，靠著開了三十年的海鮮餐廳，靠著一張永遠忘不了的臉孔，看似早已灰飛煙滅的城市時空都會立現眼前。記憶便是我們的時光機器。只要有了記憶，任何時代都會是我們渴望安身立命的黃金年代。

再看一眼，一眼就要不見了

我知道，世上沒有永不結束的愛情，我依然愛上。我也知道，沒有永不毀滅的城市，我還是不願離開。我已知道，萬物必將消亡，即使記憶看起來像是一種原始簡陋且單薄無力的武器，末世臨頭，也只能將就用著。

說到底，香港導演王家衛拍來拍去，都在拍同一個故事。那個故事，其實是一座城市的身世。而那座城市，名字就喚作香港。

他著名地浪擲預算，窮盡所有大牌明星的檔期，悶不吭聲地煲湯，煲出來的湯頭鮮美，發出罌粟花般的迷幻香氣，麻醉所有人的感官，以為自己身處於一場朦朧夢境。夢裡，人聲身影交錯而過，無一真實也絕非虛幻，有時才剛沉睡，卻馬上就要醒過來，以為已經清醒，卻發現依然身在夢中。

乍看之下，王家衛的電影支離破碎，場景跳接，角色雜陳，宛如資深老文青的耽溺囈語，不知所云，然而，事實上，王家衛的電影再冷靜邏輯不過，脈絡清晰，條理分明，自成一個獨立運轉的宇宙，如果將他迄今已完成的作品全擺在一起看，就會發現這些看似獨立發展的作品其實共有一個相通的史詩結構，時空遼闊，角色生命不斷承接、延展再分枝，故事完整性不下《魔界三部曲》或《哈利波特》系列電影。

從《阿飛正傳》、《旺角卡門》、《墮落天使》、《重慶森林》到《春光乍洩》、《花樣年華》到《2046》，包含《愛神》之〈手〉的貂尾，與插花的《東邪西毒》、《我的藍莓夜》，王家衛皆吾道一以貫之，人生如夢，城市是我們的夢境，我們都活在夢裡，而電影的責任就是拿只捕蝶網，盡力捕捉那些猶如蝴蝶斷翅的夢的碎片。

因為是夢，所以終究要醒來，而且醒來的時間早已設定了鬧鐘，一八四二年，一八六〇年，一八九八年，一九九七年，二〇四六年，時間到了，你不想醒也得醒。一如死亡，該走的時侯，你就是得走了，再不甘願，也不能更動既定事實。

「愛情，有時間性的。」到了《2046》時，周慕雲說。但，活在香港，一個見識各式歷史風華、唯有時間才是真正奢侈品的城市裡，有時間性的東西何止愛情。

「不知道從什麼時候開始，在每個東西上面都有一個日子，秋刀魚會過期，肉醬也會過期，連保鮮紙都會過期，我開始懷疑在這個世界上還有什麼東西不會過期。」《重慶森林》的角色說，「如果記憶也是一個罐頭的話，我希望這個罐頭永遠不會過期，如果一定要加上一個日子的話，我希望它是一萬年。」

於是，王家衛用他的電影展開一項龐大的記憶工程，製造一個標籤「香港」的罐頭。如果歷史真是一條不停向前淌流的河川，王家衛所做的便是耐心地從河裡一瓢瓢取水，將河水一瓶瓶密封，以記憶抗拒遺忘，同時，以遺忘篩選記憶。

香港從來就不是擅於記憶的城市。甚至，香港拒絕記憶，覺得記憶要用來幹什麼，不能拿來飲茶，又不能生財，更不能改變已經發生的或掌控接下來要發生的，還不如早點去瞓覺，醒來時至少精神爽利點。

無奈，香港偏偏卻是最適合記憶的城市。每條大街，每個街角，每盞車燈，每輛列車，隨便一道夾帶男人髮油味的海風，濃濃不散女人香水混雜蠔油蒸菜的氣味，雨水潑灑在高樓窗扇所發出的清香，那些建築，那些招牌，那些燈光，那些人影，就像本該早已消逝的人生遺恨，暗夜浮動，等在街角，隨機攫取那些宣稱記憶力衰退的人們。

然而，記憶一座城市的方式，並不像歷史教科書那樣正經八百，而是遵循宛如記憶情人的私密途徑。當初相遇的場景，兩人牽手穿梭的巷弄，共枕一夜的房間，記得對方微笑時微皺的眉頭，記得對方神遊時會無意識搖晃的腳趾頭，記得對方睡熟時身上所發出的味道，記得對方搖搖晃晃走下樓梯的身影，我們不會像編寫年史的史官去嚴正追討日期或深究意義，反倒會記得一切無關緊要的枝微末節，而且只是單純記著，穩穩留在腦子的抽屜，沒打算其他用處。

因此，王家衛的城市其實看不見全貌。總是零星散景，一晃而過，也不深究。窩在帶洗臉台的房間嬉戲打鬧，四肢猶如散架了的木偶癱在窄床上抽菸，把百般無聊的一張臉擱在咖啡館桌面，蹺二郎腿在路邊小吃攤喝酒聊天，藏身在櫃檯後面等下班，窗口有人爬進來，大門有人躲雨……不知出處，不明去向。

一九六〇年四月十六日下午三點到三點一分，就在城市這個角落，我們剛好經過，於是作了一分鐘的朋友。事後，你會質疑事情是否真如你所記憶的發生過，而我會推說我什麼都不記得。旭仔說「這樣對大家好」。

在這座城市，每個自以為懂得人情世故的老靈魂都愛勸導，遺忘是件好事，做人不要太痛苦，所以超仔勸蘇麗珍「去睡一覺醒來就沒事了」。而《東邪西毒》的黃藥師提起有人送了他一罈叫「醉生夢死」的酒，喝了之後，可以忘掉你以前做過的任何事，他覺得奇怪，為什麼會有這種酒，送酒的人解釋「人最大的煩惱，就是記性太好，如果什麼都可以忘記，以後的每一天將會是一個新的開始，那你說這有多開心」。

然而，一旦進入夢中，不但沒能忘記，所有欲拒還迎的前世今生竟然隨著夢境而大量復活，比醒著的時候更栩栩如生。

夢的祕密全鎖在同一座城市。電影記錄著這些原本打算遺棄在樹洞裡的祕密，人們焦急上街，吃力推開擁擠肩頭，漫步微雨街頭，在大樓通道追逐亂竄，鏡頭跟著他們的背影穿過一條又一條狹巷，在半山臺階爬上爬下，從這扇門走到那扇門，不是正坐在屋內往外瞥，就是從街上往內看，要不從樓上向下探，還是從門外對內望。當他們相遇進而相知，他們並肩相依坐在計程車裡，以為彼此深愛這項事實永遠不會改變，管他外頭世界統統毀滅。而世界仍不放過他們時，他們就躲進城市死角，像頭受傷的小動物安靜舔傷，或躺在一輛目的地不明的列車上，任命運將自己帶往盡頭。

王家衛的角色們看似恨他們的城市，覺得這座城市困住了自己，有股莫名怒氣，不知向誰發洩才適當，《旺角卡門》裡，他們只得上街打群架，把生命沮喪感一股兒勁發洩在那一條條像麻繩綁架了他們人生的街道。《阿飛正傳》的旭仔惡毒地跟他的養母說，妳不讓我走，我現在也不讓妳走，「乾脆大家摟在一起死囉」。

當愛情彷如晨間曙光終於照耀這個灰暗腐敗的城市人生時，《花樣年華》裡，情人問，「如果多一張船票，妳要不要跟我走？」

出走這個念頭，一如《春光乍洩》裡那只旋轉發光的瀑布燈，不斷閃爍著只需要一張飛機票的美麗願景，時時誘惑著厭倦了自己城市的人們。彷彿，只要離開這座受了詛咒的城市，去到遙遠他鄉，就能從此過著幸福美好的童話人生。當他們果真也終於出走了，千里迢迢飛過半個地球，來到在地球正好與香港對角線的布宜諾斯艾利斯，他們的愛欲關係仍然獲不得痛快的解答，依舊是深沉的黑夜，依舊是出不去的房間，依舊是揮斬不了的愛恨情仇，換了城市，換了語言，換了一張床，人生仍舊他媽的沒有出路。

香港是城市的名字，還是人生的代名詞；愛情是救贖，還是束縛；城市是家，還是牢。怎麼，香港就像長了腳的舊情人，會遠渡重洋跟過來。逃，也逃不遠；逃得遠，卻逃不掉。即便單程船票去了新加坡，《花樣年華》裡，一回到房間，他馬上就知道，她來過了。新加坡的雨，只會讓他想起香港的夜。

到了《２０４６》，那些生死愛欲全像鬼魅一樣回來了，戴著難看的太空帽，穿著可笑的太空裝，作的事情卻和另一個香港導演關錦鵬《胭脂扣》裡那個回到陽間尋找殉情戀人的妓女如花一樣，他們欲找回自己的前世，尋回錯過的愛情，卻再也認不得自己的來路。他們只能落得在自己城市迷路的下場。

「有些人是離開之後，才會發現那個離開了的人才是自己的最愛。」歐陽峰說。城市也是。每個住在香港的人都想忘記，每個離開了香港的人卻只記得。於是他們朝記憶急起直追了過去。

長野山上的二十一公克

誰不知道都市人戀物。但是，那名模樣四十多歲的日本女人開口對她的玩具貓說話時，仍舊嚇了我一跳。

不在青山靜謐巷內的咖啡館，也不是人潮洶湧的渋谷八公銅像前，而身處長野深山一處幽靜谷地，溪流潺潺，高山聳立，周圍寂靜，每根樹木都在午寐，偶有零星鳥鳴，和楓葉慵懶打呼的聲音。女人顯然也從都市過來，縱使深林山野，腳上仍是一雙全包腳粗高跟鞋，低腰復古印花洋裝外披人造皮毛，染成茶色的短鬈髮上戴了一頂可愛小圓帽，帽緣夾著兩根紫羽毛，好像直接從新宿街頭搭乘時空機器以原子形式瞬間傳輸過來，待會兒還要趕回去看晚場電影。她與她的女伴找了張專供遊客使用的長椅，先瞇起眼睛好好把景色端詳了一圈，溫柔輕聲讚歎，露出滿足微笑，然後打開足以裝下保齡球的隨身手袋，拿出午餐需要的茶水保溫瓶、三明治，幾顆橘子，接著各自抱出一隻填塞玩偶，一隻是人類嬰兒般大小的凱蒂貓，另一隻是常見孩童抱著入睡的熊寶寶。

她們謹慎地讓玩具寵物靠著自己身子坐穩，因為怕髒，細心在它們屁股底下鋪了手帕，拍拍它們的頭，似乎在安撫它們，鼓勵它們認識大自然。就像兩個帶孩子出遊的母親，在安頓好孩子之後，開始閒話家常，拆開三明治包裝吃了起來，此時，女人忽然蹙緊眉頭，放下她咬了兩口的三明治，憂心忡忡，抱起之前都乖乖挨坐她身旁的凱蒂貓，像母親檢視嬰兒是否餓了還是尿布溼了那般關愛，她就那麼自然對著頭紮紅色蝴蝶結的凱蒂貓說起話來了。

怎麼不高興啦，這裡不是很美麗嗎，妳覺得冷嗎，我幫妳帶了條毯子。她正要動手去取毯子又停下。不冷，還是餓了，要吃三明治嗎。她把三明治湊到凱蒂貓臉前又拿開。什麼，妳肚子疼，因為早上喝的牛奶不新鮮嗎，可是我前天下班才買的呀。

她把凱蒂貓上上下下仔細觀察了一輪，連她的朋友也開口關心了，怎麼，凱蒂在不高興什麼。她抬頭對朋友露出燦爛微笑，緊緊把凱蒂抱在懷裡，劈里啪啦對朋友說起話來了。

凱蒂貓沒有嘴巴。凱蒂的媽媽大概忘記了。

我想起是枝裕和的電影《空氣人形》，獨居都市的男人寂寞到不行，從人偶工廠訂購了一個真人大小的充氣娃娃，每天夜裡用嘴把她吹漲起來，把她當作真正的妻子，跟她抱怨辦公室人事，向她撒嬌，爬到她身上對她做愛，抱她入眠，隔天上班前叫她好好待在家裡等他回來。故事裡，男人是那個孤獨如此巨大的可憐靈魂，直到有天他興奮地抱著新版充氣娃娃回家，把用膩了的充氣娃娃當作已遭市場淘汰的舊型手機塞到雜物箱深處。

而他每天祈禱希望有真實體溫的充氣娃娃終於變成活生生的女子，有血有肉站在他面前時，質疑他為何如此喜新厭舊，對愛情不忠貞，他的反應竟是像見了陰森厲鬼般驚慌，滔滔強辯起自己的背叛。

戀物就像反反覆覆的感情遊戲。一會兒愛，一會兒就不愛了。愛的時候很癡迷，誰不認同這份愛，就要跟誰去拚命。不愛的時侯，就徹底遺忘，遭人提醒時還會老羞成怒，極力否認曾經的迷戀，駁斥不過當時稍微碰了流行，從來也不曾認真過。

我又想起石黑一雄（Kazuo Ishiguro）的小說《別讓我走》（*Never Let Me Go*），古色古香的校園其實是複製人養殖場，這些孩子對外頭社會來說只是「物」。長大成人之後，他們的器官將如樹上果實成熟般供人摘取，去延長其他人類的生命。他們以為只要展示自己的靈魂長相，證明自己也能像正常人一樣真心相愛，就能為自己以及所愛的人多爭取一點相處的時間，卻得到「我們不是探究你們的靈魂，而是探究你們是否真有靈魂」的答案。

靈魂成為區分生命與非生命的關鍵字。人類如此堅持靈魂的重要性，美國麻州一名醫生甚至進行醫學實驗，發現一般病人斷氣之際會突然少了二十一點三公克，他因此認為自己測出了靈魂的重量。關鍵的二十一公克，相當於一條巧克力的重量，決定生命的尊嚴。凱蒂貓有二十一公克，沒嘴巴也有牛奶喝。沒有二十一公克，你只是個隨時都能拋棄的玩物。

遠在城市建造之前，成天跟大自然搏鬥的人類祖先相信天地萬物皆有靈魂。

一塊石頭也有，它只是決定不跟你說話而已。後來，城裡日子過得舒服了，我們都變成美國動畫片《玩具總動員》的那些小孩，只顧快樂餵養自己的靈魂，卻看不見其餘事物的二十一公克。有意無意之間，也輕忽了周遭呼吸走動的其他二十一公克。

東京世田谷區有座貓寺，專門供奉招財貓。但，人們的愛貓死了，也會去那裡上香，祈禱寵物的靈魂上天堂。法國導演克里斯．馬克起初覺得不可思議，如同我目睹那個女人在長野山上對她的凱蒂貓說話的那一刻。但當他聽見日本婦人來祭拜，對她走失已久不知淪落何方的愛貓說，親愛的妳，無論妳在那裡，是生是死，我都希望妳終於獲致生命的平靜。他以為，那真是一個人對自己心愛的（無論是人是貓還是杯子）所能展現最最最真切的愛情。

這裡是中國城

由人組成的城市難免充滿了人性。城市跟城市的相處，於是也跟人跟人之間一樣，相互稀罕打量、愛慕模仿之時，也充滿偏見，彼此互踩，較勁味濃。

東京嫌大阪打扮俗氣，去到哪裡都喧囂沒禮貌，大阪笑東京自以為是，矯揉造作彷彿屁股長刺；香港覺得台北不夠國際化，美感未免落後土氣，台北認為香港勢利眼，拜金唯利懶講人文氣；北京說上海精明不聰明，小裡小氣小鼻子小眼睛，上海講北京傲慢無禮，不講誠信，滿口答應之後全裝沒事；紐約提起洛杉磯的陽光就裝作頭痛，討厭那些成天穿夾腳拖做瑜伽抽大麻的懶鬼，洛杉磯談論紐約的市容好像在描述一幅地獄景象，裡頭全住著長角的紅魔鬼；倫敦嘲弄巴黎不洗澡只噴香水，男人難搞女人騷，巴黎譏笑倫敦虛情假意沒情趣，男人死板女人醜。

人年輕時都渴望去對方的城市走走逛逛，老的時候就只想待在自家城市。有位年長朋友，甚至不想再去任何語言不通的新城市，看著異地的眼光變得朦朧不清，彷彿眺望一樁時間久遠的回憶，不確定是否還想憶起。

少年時，四處尋找戀情的可能性，退休之後，大家都只想窩在自家街道，溜溜狗，串串門子，連路口交通號誌轉換的間歇都掌握得很好，可以隨隨便便過馬路，不必提高警覺。

也或者，我們每回出門，背上都扛著自己的城市。年老之後，便懶得背了。

紐約客蘇菲亞．柯波拉（Sofia Coppola）拍了《愛情不用翻譯》（*Lost in Translation*），同樣是城市，東京在她眼裡卻是不折不扣的魔幻異域。男人晚上不回家陪老婆，上酒店看其他女人跳脫衣舞，女人去男人房間玩性虐待遊戲，要求男人撕破她的尼龍絲襪，雖然紐約也有畸零色情，也有摩天大廈，東京暗藏春色的高樓叢林對她來說卻更深不可測，周圍全是面無表情的鬼影幢幢，電子魔音充耳，霓虹燈光交織成高科技迷離幻境，唯有看不出地方特色的飯店酒吧，彷彿孤島漂浮在異域夜空能帶給她安慰。原來在紐約絕無可能談戀愛的男女，到了陌生的東京，在這間全球制式化的酒吧卻墜入了情網。或許是安全感讓他們走到了一塊兒。末了，女主角對著即將搭機離開的男主角，自以為幽默地模仿日本人的英文口音說，「Have a nice fright!」好機旅，當場變成好「驚」旅。

她的《愛情不用翻譯》強化了一般紐約人對東京人的刻板印象，彷彿一本美國觀光客的流水帳。片中，每次美國角色對日本人的英文不以為然時，觀眾心裡也跟著對柯波拉這個紐約導演不以為然。

曾經發誓終身不離開紐約的伍迪．艾倫臨老卻開始帶著他年輕妻子到處旅行拍片。他去了倫敦，拍了三部曲；到巴塞隆納，又拍了一部；跟著飛到了巴黎，拍了《午夜巴黎》，此部變成他平生最賣座的大片，接著又拍了羅馬。而年輕的蘇菲亞．柯波拉去巴黎近郊凡爾賽宮拍了《凡爾賽拜金女》（*Marie Antoinette*），卻成了她新銳導演夢的一大挫敗。

伍迪．艾倫跟柯波拉的差別，並不是因為伍迪．艾倫沒使用刻板偏見，事實上，嚴格說起來，他的《午夜巴黎》也堆滿了關於浪漫巴黎的陳腔濫調。只不過，對於他人的城市，這個老人採取了全面諂媚的戰術，而非對比、參照、衝突或並排。他聰明地讓城市脫離了競爭，來自他城的旅人只貢獻他的眼睛，而不是他的意見。

然而，關於他鄉城市的電影，最精采的一部恐怕是《唐人街》（*Chaintown*）。在這裡，另一座城市並不在遠方，而是在自家城市之內。真正的神祕異域，不過兩條街之外。自以為看盡世故滄桑的警探無意間踏入了一個他從沒見識過也無法想像的鬼魅城市，所有的道德底線全被重寫，任何良心意識都被挑戰，就算他想在黑夜撚燃一盞燈，好照亮那一條條黑暗的夜街，仍有個聲音誠懇忠告他，「算了吧，傑克，這是中國城。」

問起港島人，說不定他對倫敦的皮卡迪利圓環比沙田墟更熟門熟路。對住曼哈頓的紐約人，在巴黎迷路是一件賞心悅目的事情，讓他在紐約布朗區走失，卻成了一場但願永遠不會成真的噩夢。

城市對城市的歧視競比，就從城裡開始。

世界從此沒有結局

少女千尋與父母從城市遷居鄉間。神祕隧道卻出現在他們前往新居的路上。森林裡長滿青苔的雕像處處可見，全都長著同一張猙獰笑臉，詭異的微風從地上捲起漫天落葉，推搡著他們進入隧道的黑暗。來到隧道的另一端，終於，一片優美鄉野豁然開朗。然而，藍色天空和清香草地之間，不知何時建築的古日本主題樂園卻遭荒涼棄置，與四周的靜謐自然格格不入。

夜晚降臨，千尋的父母因貪食來路不明的豐盛菜肴而遭受詛咒，變成癡肥豬隻；緊接著，四周鬼怪精靈紛紛現身，慌張失神的千尋於是倉皇轉身，欲循來路回奔，一條先前不存在的河水此刻卻汩汩而流，擋住她的去路。一艘美麗畫舫靠岸，來自五湖四海的更多古怪神靈優雅地步下船來。無助跪蹲河邊，淚水還沒有時間滴下來，千尋發現自己失去形體，逐漸透明化，驚慌、恐懼、迷惑交雜，她雙手握起拳頭捶打自己的腦殼：「我一定在作夢！趕快醒來！醒來！」千尋拚命催促自己，「醒來！」

當我想起宮崎駿的電影，第一個印象不是他的反戰立場，也不是他的環保關懷，雖然這兩件事情都是開啟宮崎駿電影世界的關鍵鑰匙，我最先想到的卻永遠是二〇〇二年獲得奧斯卡最佳動畫片的《神隱少女》裡，少女千尋如何驚慌失措地蹲在地上，狠狠敲著自己的腦袋瓜子，努力想要說服自己，這一切都不是真的。不是真的。周圍正在發生的事情都不是真的。究竟怎麼了，為什麼我會在這裡，為什麼我會被不相識的眾多神怪所包圍，為什麼父母會變成豬，為什麼居住於森林的動物們會惶然失措地逃亡，為什麼刺殺疣豬的手臂會逐漸鋼化，為什麼巨大毒蕈會覆蓋整個地球，為什麼城市邊緣一直侵蝕綠色森林，為什麼女巫會突然失去法力，為什麼，為什麼，為什麼。為什麼我的世界已經變得不可理解。

然後，在一個陌生人的幫助下，她吞下了不知名藥丸，恢復了體力，站起身來，邁上未知的旅程。也許旅程的終點是父母重新獲得人身自由，也許是她與白龍的情誼開花結果，也許，旅程根本沒有終點。

終點已經不重要。重要的是過程。重要的是，在一連串不可思議的事件發生之後，如何繼續迎向更不可思議的未來。

在童稚趣味的表面下，宮崎駿的電影反省了現代人生活的三條主軸：都市化、個人化，與人工化。現代人如同宮崎駿的動畫角色們，他的一生都在面對世界的變動，處理期待失落的情緒，承受抉擇的壓力，習慣追尋的堅持，學習對周圍環境的強大反省與深刻觀察去做出反應，並憑個人理性去處理他的分際。

當今世界的變化來自於人的流動。而這種持續的流動性是都市化的結果。移動，是現代生活不可避免的本質。都會化造成大批人口從農村移居到都市，人脫離了對土地的依戀，遠離了貼近自然的農村生活，與一群陌生人聚居於鋼筋水泥建築的人工叢林裡，彼此日日衝撞，不斷摩擦，沒有了幽靜森林的午後小憩，也不再有無人曠野的安靜散步，單調可預期的生活常規蕩然無存，有的只是忙碌緊張的工作節奏與難以預料的人際關係。幾乎是宮崎駿創作上的孿生兄弟高畑勳負責製作許多宮崎駿的電影，也執導自己的作品，他執導的經典名片《歡喜碰碰狸》即是反映都市化過程所帶給人類生活的巨大影響，四肢著地、淳樸善良的狸貓隱喻為原來習慣田野生活的人類，隨著都市擴張範圍、急速吞噬鄉村，不得不打上領帶，直立走路，有時疲累了便兩眼發黑、雙腳疲軟，打回狸貓原形，只好不斷喝健康飲料提神，避免無法融入都市生活。故事原始構想來自宮崎駿，《歡喜碰碰狸》顯現人類對抗都市化的無能為力，散發史詩般的悲壯淒涼，到底還是無法力挽農村邁向都市的時代潮流。宮崎駿顯然不同意這種都市化趨勢。所以他故事裡的角色們總是從都市搬到鄉間，例如《神隱少女》、《龍貓》等。他對城市長大的孩子也很有意見，千尋剛開始顯得傲慢懶散，對萬事均漠不關心，故事發展到中間，她變得積極勇敢，感情豐富，並且懂得勞動的尊嚴。

然而，都市儘管有諸多壞處，卻仍是現代人類的家鄉。有了都市，才有宮崎駿角色們的反省成長。都市環境打斷生活常規，將人暴露於不同情境，不讓人習以為常。失控是現代都市生活的主調，變化多端是它的特色。哈佛大學神學教授保羅．田立克（Paul J. Tillich）寫道，「大都會的本性提供了只有旅行能體會的經驗；即是，陌生。陌生引發疑惑，減少熟悉的傳統，讓理性發揮極致的意義。」都市包含了多重族群，人與人之間的親密感與疏離性交叉共存，而城市建築空間繁複重迭，切割生活於零碎片段，生命經驗紛雜而輕盈，隨機碰撞，主體性不明，對什麼也沒有擁有權或主導權的完全確認，只有大量的不可預期性與去中心化的多樣價值觀。

現代人的生命本質就滑動於這充滿魔幻又具危險的過程。莫瑞蒂（Franco Moretti）在《世界的方式》（*The Way of the World*）討論成長小說文類（Bildungsroman）時，寫下他的觀察，安穩的社會環境已然瓦解，人們為了城市拋棄鄉村，學徒制已經不流行，工作環境的複雜度以無法置信的速度前進，世代傳承出現斷層，在現代世界裡，成長成為一項新的挑戰。外在的流動與內在的精神，出現難以契合的鴻溝。歐洲傳統成長小說裡，青春的蛻變有始有終。因著某種轉折，主人翁原先的世界遭到翻覆，童年價值觀不再適用，舊有經驗不能解決當下困境，唯一的方法是勇敢通過這段時光的考驗，去尋求一個新的身分、新的理解、新的行動；換言之，一個新的自我。十九世紀以前，歐洲相對來說仍是一個封閉沉靜的社會。隨著成長小說的開展，年輕的主人翁逐漸習得社會規範，認知自己的身分以及未來應該扮演的角色；及至結尾時，他磨去生毛的稜角，把相關道德規範當作終生圭臬，毫不遲疑地邁向一個美好的未來。珍．奧斯汀（Jane Austen）寫於十八世紀的小說便忠實描繪了一個階級分明、價值穩定的英國社會，無論伊麗莎白小姐的偏見如何根深柢固、達西先生的傲慢如何不合情理，他們總歸要和解，克服自己的短處，攜手共織圓滿的結局。

結局，是一個定論。十九世紀以前的歐洲文學，定論是世界的重心，故事主角與讀者從中界定他們認知世界的方法與相應的道德行為；找到重心，其他萬物自然會就定位。

但，只有在前現代的世界，故事才有結論的特權。珍．奧斯汀的小說畢竟出版於法國大革命之前。現代文學的成長小說已不再以主人翁的「成熟」作為故事的句點。因為生命的處境並沒有因著主人翁的生理完熟而安定下來。世界的變動使得人們一直停留在躁動不安的青春期。當完美意味了不必改變，成熟代表了固定模式，人類既定的生命目標於是不再是安逸的幸福，而是探索未知，勇於冒險，不怕變化。莫瑞蒂精準指出，「青春，所以說，就是現代的本質，顯現一個世界在未來追求它的意義，而不是過去。」當今社會對青春的迷戀，即反映了現代世界的內在性格。我們不願接受任何定義，只因害怕失去自由；跟十八世紀以前的人們正好相反，現代人擔心世界出現定局，將他們釘在原地。

十八世紀以降，隨著工業革命而來的物質發達，啟蒙運動、法國大革命帶來的全新世界觀，到了一次大戰，英國女作家維吉尼亞・吳爾芙（Virginia Woolf）所珍視的歐洲文明重心全部炸毀。人類就跟少女千尋一樣，幾乎敲破了腦袋也再也找不回那舒適熟悉的世界軸心。戰爭造成無可彌補的生離死別，所有人生中斷，失落了珍貴的回憶，或根本無家可歸，等在前面的只有滿目瘡痍的廢墟與脆弱失怙的人性。之後，珍・奧斯汀的世界便蛻變成卡夫卡（Franz Kafka）的大肥蟲，成長並不是找到終極哲學，而是睜開眼睛看見更多迷思。從今以後，這個世界再沒有使用說明書。現代文學也不再保證快樂的結局。

放棄了幸福作為故事的結尾，不斷追尋生命意義成為現代人生活的全部內涵。宮崎駿的影片提供了完滿的情緒，卻從不勾劃一個傳統的美滿結局。影片之後，顯然，生命仍將繼續。《紅豬》接近尾聲時，紅豬並沒有戲劇性地改變他的狀態，深愛著紅豬的吉娜小姐仍持續她每天午後的等待。白龍與千尋相互約定在現實世界裡見面，但他們最終見面與否仍是未知數。同樣在《龍貓》一片，電影結束不說明生病住院的母親是否返家，而《魔女宅急便》的年輕女巫琪琪仍將持續她的訓練。一切都是懸念。什麼都還在發生。

日本社會的現代化歷程類似歐洲文明。明治維新後的日本，成為唯一成功經過現代洗禮的非西方國家。由於富裕強大帶來的無限野心，過度自信的日本在為天皇效命的號召下，發動軍事戰爭，積極拓展勢力範圍，二次世界大戰弄得國窮民疲，直到兩枚原子彈落在日本島本土上才鬆手投降。曾經他們堅信他們是日不落國的子民，像個組織完密的龐大機器齊步向前，每個人都是為相同目的而服務的螺絲。一夕之間，機器轟然散落各地，支離破碎，看上去不過是一堆毫無意義的廢鐵。所謂帝國的集體幸福，均是幻想。

不令人驚訝地，所有宮崎駿影片都在譴責戰爭。歷經慘痛戰爭教訓的日本人宮崎駿明確地描繪人類相互殺戮的成果，不是勝利的榮耀，而是雙方生靈塗炭的雙輸局面。更叫人心驚膽戰的是，戰爭中人類使用來毀滅彼此的高科技武器往往讓孕育生命的大地也跟著陪葬，讓包括人類本身在內的所有生物失去了安全生存的權利。在他的《天空之城》一片中，擁有高科技能力神祕種族為了統治全宇宙而創建了一個藏在萬里雲端的懸空城市，就在他們野心勃勃要征服世界時，卻突然間從歷史上消失，從此無人聽聞他們的下落。爭先恐後要尋找傳說中寶藏的人們終於又重新找到這座失落的空中之城，卻發現人去城空，蕪蔓雜生，只剩下一個機器巨人在獨自照料花圃。這個故事對日本軍事主義發出最嚴厲的警世語。

然而，宮崎駿電影的反戰訊息並不真正挑釁，挑釁的是他鼓勵反戰的方式，散發濃厚的個人主義色彩，顛覆了日本的崇君傳統。許多日本平民當年參戰所憑藉的信仰就是對天皇毫不懷疑的信賴。長期研究日本文化的美國學者貝拉（Robert Bellah）在《德川宗教：現代日本的文化淵源》（*Tokugawa Religion: The Cultural Roots of Modern Japan*）一書指出，「在日本，忠誠的巨大重要性就是我們設定為占首要位置的價值之具體表現。重要的是，這種忠誠乃指對自己集體首領的忠誠，而不管首領人物是誰，與其說是對人物本身的忠誠，不如說是對人物地位的忠誠。」統治者在日本的影響力不僅僅是政治的、倫理的，甚至帶有宗教性，一般子民被要求通過集體目標去實踐自我的存在。但，宮崎駿的反戰訊息質疑了這種盲目的愛國主義。在《霍爾的移動城堡》一片中，巫師霍爾擁有不同的四扇門供他進出：一扇門迎向他亟欲呵護的甜美山地，一扇門去到他喜愛的漁港小鎮，一扇門領他去慘烈的戰爭場景，一扇門面對國王的巍峨皇宮。而，無論他怎麼換門進出不同世界，現實生活裡，霍爾仍舊必須不斷移動他的城堡，所以可以躲避國王以愛國之名徵召他參戰。宮崎駿毫不含蓄地表達，為了反戰，即使是你的君王下詔命令你，你都應該堅持說不。

相較於七〇年代美國反戰群眾，仍集體激烈上街抗議，燒國旗、喊口號，不惜被抓入監獄，宮崎駿的反戰身影顯得更孤寂。戰爭留下來的精神廢墟，體現出來的形象即是離群索居的飛行員紅豬，他決定放棄人類身分，變成一隻長著朝天鼻和粉紅色皮膚的豬，躺在無人島沙灘上抽雪茄，蹺二郎腿，空閒時便駕駛他的老式飛機，翱翔天際，與浮雲嬉戲。他不聽命於任何人，只相信自己的判斷，為維護自己心愛的原則或人不惜拚命，大部分時候，卻是一派與世無爭的氣定神閒。

這種個人主義風格迥異於日本前現代社會的特殊主義。日本的特殊主義類似費孝通所描述的鄉土中國，即一切人的價值關係均以同心圓為前提，愈靠近自我小群體的利益愈擺在優先順序。先是我，家庭，家族，國家，然後才是天下。「我」的主要價值也要緊緊依附於團體才能得到體現。普世價值一旦與社群價值起了衝突，社群價值將視為優先。宮崎駿動畫片裡的人物也關心族群的生存問題，但更多時候，與其說他們為了集體目標而奮戰，不如說他們為了自己選擇的信念。反戰也好，環保也好，都是超乎單獨族群利益的普世價值。《風之谷》裡，娜烏西卡公主在飛機墜毀之前伸手救了綁架她的帝國女魔頭，對深信生命價值的娜烏西卡來說，那一刻，對方並不是一個應該摧毀的敵手，而是一條可貴的性命，她也許違反了她族人在這場戰爭裡的利益，卻忠實維護了她的個人信仰。

當現代化也意味著都市化，狹窄的族群主義勢必顯得不足，人們將被迫更向普世價值呼應。都市就是一個雜居的大環境。我們的生活與太多毫不相干的陌生人緊密交織，打開窗簾就會看見陌生人的內衣晾在他家陽臺，走出街道就必須與陌生人摩肩擦踵地買菜、搭車，坐在餐廳吃飯，周圍環繞著一輩子沒見過、以後也不再相見的其他食客，生病了進醫院，就得仰賴初次見面的護士幫忙打針掛點滴；我們沒有時間跟陌生人交朋友、當親戚，就必須信任他們給我們協助與服務。一個都市人必須跨越他的同心圓，沒有選擇。他不再擁有一成不變的人際網絡。他與其他人類的關係可以是長久的、穩定的、親密的，更多場合裡，會是商業的、臨時的、隨機的、一次性的、隨意的。每一個現代人都是《欲望街車》裡的白蘭琪，仰賴陌生人施捨善意而活。

宮崎駿的動畫世界看似一個懸浮在現實生活之外的奇幻世界，卻恰如其分地精準描繪出現代世界的複雜度。環境會改變，人的關係會改變，角色會改變，位置會改變，責任會改變。沒有誰停在定格上。觀點的純粹愈來愈難沉澱，萬事均不易用單一價值去看透。在浮動的人生裡，親愛的父母會因貪吃而變成豬隻，邪惡的湯婆婆轉身面對親生兒子頓成溺愛的慈母，愛錢耍狠的錢婆婆事實上是熱心腸的傻大姐，叱咤風雲的帝國將軍不過是個膽小愛撒謊的蠢蛋，十九歲少女被詛咒成九十歲老太太，一個稻草人其實是鄰國的王子，可怕的荒野女巫則是為愛傷心的天涯淪落人……現代人就置身於這麼怪誕荒謬的世界裡，善惡並非純然，人物複雜多面，眼見不能為憑，因為事實未見得是真相。

這個世界，一切都那麼奇妙。

生命何其神祕，宮崎駿彷彿透過這些多樣角色在說，生命的價值就是如同花草樹木在大自然懷抱裡自由自在地生長。有死亡，必然也有生命；會腐爛，也會開花。重要的是，不要破壞孕育並滋養一切生命的自然生態，讓生命自由發展所有可能性。讓生命自然地走過全部的過程。理解了這份東方哲學的生命觀，便不難了解為什麼宮崎駿的壞人角色從來不是真正從頭壞到底，一方面當然是因為現代人本來就擁有多重性格，不同情境激發不同面向，另一方面，那些所謂壞人角色也隨著故事發展而逐漸改變，這段生命歷程不僅屬於英雄主人翁，也屬於壞人角色生命的一部分；從這段經歷，他們亦有所領悟，有所成長。大自然對所有生命均公平對待，每個生命都會有他的機會。

無庸置疑，宮崎駿熱愛大自然。他對世界的想像都由大自然隨手採來。每一部片子，他對自然保護的宣導如此不遺餘力，幾乎到了神父說教的虔誠地步。藉由《風之谷》的長老之口，宮崎駿沉痛地說，一棵樹需要幾十年甚至幾百年風與水的滋潤才能茁壯，而只幾分鐘時間，你們就把這棵樹燒毀。欲望是快速的，懲罰卻來日方長。千尋的父親走出隧道時，隨口評論眼前的日本古城廢墟，一定是九〇年代初日本經濟泡沫時商人所建蓋的主題樂園。人類一時興起，為了無用的虛榮與賺錢的貪念，隨隨便便就拿取難以替代的寶貴自然資源，製造了大而無當的商品建築。如今，人類短暫的快感已然消失，卻遺留給大自然一堆無法消化的垃圾，霸占了森林生長的面積，破壞其他野生動物的生活空間。

宮崎駿的影片總有廢墟。人類在其短暫生命裡，對大自然巧取豪奪，而人類終究不會留下來當萬物的主宰。人當時自以為是的功勛成就，只要給大自然一點時間，她就能於靜默中迅速用她的綠色枝蔓掩蓋。世上多少座失落的都市，當時一個偉大的人類構想砍掉了一整片古老樹林，而今，叢林又重新伸長了綠色枝蔓，覆蓋了城市，奪回失地。而當初那些洋洋得意的人們早已無影無蹤。

資源浪費的確是現代都市文明的一大隱憂。現代社會的立基在於經濟，為了讓經濟運轉，必須不斷有商業交易。新商品必須源源不絕地生產，讓人販賣，讓人購買。服裝分季上市，電影定檔上片，手機新款上架，電腦、遊戲、球鞋、家具、汽車等等，人類為了刺激自己的經濟機器循環，把大地墾光，山林夷平，河川充滿了人類廢棄不要的物品，千年不化的垃圾埋成山堆，而我們還是拚命地買，拚命地丟，縱容自己的物質欲念。美國《紐約客》雜誌的記者描述他遇見宮崎駿時，老人詛咒日本社會的富裕，說他巴不得日本社會趕緊破產，才不會蓋那麼多無謂的建築、生產那麼多無聊的產品，所有人都可以回到簡單一點的生活。

宮崎駿不反對機械文明，可以從他對飛行機器的著迷看出。他的工作室名稱「吉卜力」（Ghibli），原指撒哈拉沙漠上吹的熱風，二次大戰時則為義大利飛行員用來暱稱他們的偵察機。飛行器狂的宮崎駿在每一部片子都畫有各式各樣的飛行機器，《風之谷》的娜烏西卡和她的滑翔器，《魔女宅急便》的掃帚，《天空之城》的大小飛機群，而《紅豬》的一次大戰戰機更是男性浪漫主義的象徵。宮崎駿的機器總聞上去有股懷舊的氣味，那些機器的光澤，並不是由新鮮金屬剛經剪裁所發出的銳利光芒，而是老舊機器經不斷上油保養後所蘊發的溫柔色澤。宮崎駿呈現它們的方式好比拿出一件珍貴骨董般慎重小心。相對於日本主流社會對最先進科技產品的狂熱追隨，宮崎駿在這一點上顯然又採取了資源保護的立場。

功能並不是這些機械產品的所有涵義；風格才是一切。宮崎駿一筆又一筆精細描繪機械的美麗結構，角色們一遍又一遍呵護著他們的寶貝機器。機器不僅僅幫助人類克服物質環境的障礙，也是個人格調的形塑。每當那架單翼的紅色飛機出現於湛藍天空一角，地上的人們就知道是紅豬來了。紅色單翼飛機成為紅豬的標記。沒有了紅色單翼飛機，紅豬就不是紅豬，如同沒有掃帚，小女巫琪琪就不成小女巫。

機器成為一個人的正字標記，在現代消費文化裡尤其鮮明。科技產品與個人生活的結合如此密切，使得物品跳脫了無生命的存在，而與主人生命作有機的結合。汽車不再是汽車，是人們的腿，忽然少了汽車，人們就哪裡也去不了。電腦發明之前，詩人拿筆在紙上塗寫愛情，如今沒有電腦，作家坐在桌前便腦筋一片空白。科技介入人類生活之深，現代人彷彿活在科幻電影裡，渾身上下插滿各式管子，一不小心拔掉一根管子，人就會癱瘓、僵死，不知所措。因此，大部分時間，現代人必得把科技產品當作自己身體的一部分過日子。他們選擇那些機器就像挑選自己的義肢一樣，除了功能齊全外，還要美觀大方。當他們出去談生意或拜訪朋友時，他們展示那些機器的態度如同他們讓別人觀賞他們身體的任何一部分，他們在意別人的觀感，關心這些機器能不能代表他的性格，形狀顏色可不可以說出他的美學鑒賞力。他覺得，別人不是從他的語言而是從他駕駛的車子來判斷他的人格。機器，代表了他。他就是他正使用的機器。人機一體。

但宮崎駿對機械文明的擁抱還停留在手工操作的階段。沒有一個神奇按鈕，按下去就能全面啟動機器。他的機器仍深深倚靠人類的勞動，要人使勁費力去打開活栓、拉動煞車、添加燃料，也仍需設計改良，還得天天擦油上光。操作這些機器，要不厭其煩地重複過程，不害怕黑油沾身。因為宮崎駿跟狄德羅（Denis Diderot）一樣相信工匠的手藝。當支援自由市場的亞當・史密斯認為節奏單調、內容重複的工作會損害人性，撰寫百科全書的狄德羅相信機械性的勞動會幫助人們獲得「心靈與雙手的統一」。對狄德羅來說，不斷重複相同的工作節奏，人們並不會因此停止使用腦子，而是逐漸熟能生巧，臻於完美。就像京劇訓練就是讓演員不斷練習同一唱腔、同一身段，等到熟練全套念白動作之後，演員不必再去花時間思考下一步驟，而專注於操縱整個過程，發展出自己獨特的詮釋。這就是手工的藝術。沒有一件手工藝品會看上去一模一樣，雖然他們都是用同樣手法作成。因為沉浸於日復一日的勞動，人們懂得控制，於是冷靜自持。所以，從事勞動的人都有張寧靜祥和的臉孔，他們不慌不忙，自信穩重，即使是孩子也能自行處理周遭事物。宮崎駿的孩童角色都在工作，他們是裁縫師、煤礦工、飛機設計師、軍人、快遞員、牧羊女，他們遇上危機不會驚惶無助，而是神色自若地解決問題。唯一的例外是都市孩子千尋，情勢出乎她的意料之際，她尖叫逃跑，方寸大亂；於是宮崎駿把千尋丟進一個人人都需要工作的神靈洗浴場，四肢瘦小的千尋開始刷地，沖洗浴池，為客人抓背、端拿食物。經歷勞動的滋味後，當她必須獨自出發，前往女巫家解決魔咒，她鎮定勇敢，不緊張、不害怕，甚至跨越自我，真心關注他人。當世界的全部系統瓦解，工作對現代人起了宗教性的鎮靜作用。人們從工作追求樂趣，獲得成就，最主要的是建立起一套全新的價值，從勞動的過程得到內心的平靜。

故事的結局不再決定世界的面貌，就像文章的句點不會終結人類的思索。

雖然生命終有限制，人類理性的解放的確是現代文明最可貴的發明。十九歲的蘇菲遭到下咒，囚禁於九十歲老太太的身體裡，她邊走邊想，沒想到老年會帶來許多疼痛。可是，這仍舊不妨礙她離家出門，走進荒野，跋山涉水，展開她的奇幻遊歷。大自然裡，死亡不是結束，而是生命的一部分。當我們都白髮蒼蒼的那一天，想像力的翅膀依舊是有效可靠的飛行器，能夠載我們飛入金色雲朵深處，享受花樣世界所賜予的無限生趣。

沒有了定論的世界，就是一場永不結束的流動饗宴。

世 / 代

青年要團結起來

發達國家逐漸高齡化，人數最眾的戰後嬰兒潮世代正值退休關卡，需要福利保障，社會趨勢少子化之際，銀行破產，政府負債累累，國家面臨倒債，理應為上一代債務買單及為自己儲存退休金的年輕世代卻大量失業，上街抗議，燃燒市街。這是世紀初的全球景象。

巴黎郊區青年暴亂，阿拉伯之春，希臘抗議失控，到倫敦青年暴動，事後大量檢討均跟青年失業有關。二〇一〇年全球失業人口為兩億，其中七千八百萬為青年。歐陸最嚴重，西班牙青年失業率高達百分之四十五，希臘百分之三十八，而每五個英國青年就有一人失業。抱怨太多「啃老族」的日本每十二個青年有一人失業，其他有工作的大多窩在便利商店打零工或站在街頭發面紙。台灣標籤年輕人為「草莓族」，青年失業率高達百分之十三，自願性失業者恐怕更難以估計。

隨著勞工意識高漲，勞工保護政策漸強，青年作為勞工市場的新來者本來就居於弱勢。他們缺乏經驗，不懂專業，即使具備技術也尚待琢磨。青年也比較有本錢等待，不似一家子嗷嗷待哺的中年人每天必須妥協開工，他們總是可以回籠學校，混在父母家，賺點散錢，直到一份他衷心認同的工作出現為止。

青年就業的解決之道，首要經濟持續發展。然而，社會經濟愈成熟，發展愈趨緩，同時人類愈來愈健康長壽，當英國查爾斯王子六十多歲仍接不到王位，台灣張忠謀八十歲仍是台積電總執行長，這幅畫面顯現了現今勞動市場難以流動的困境，尤其，青年失業愈來愈高學歷，不再是季節性現象，而是結構性問題，亟待政府重視。

然而，採取保護政策未必能治標，相反地，如何增強青年的競爭力才是重點。當台灣大學錄取率幾乎百分百，大學畢業生就業率卻僅有百分之二十到四十，同時市場因為擔心他們的專業不足，不堪錄用，這已透露了教育體制並沒有與市場銜接，師資恐與市場脫節，無法訓練出市場所需人才。舉例美國SCAD設計學院延攬好萊塢師資，學生在學校時已對外頭市場有一定概念，並據此規畫就業方向，加強未來就業的所需技能，畢業後便能直接進入產業，從事服裝設計、動畫、場景設計等，學校與業界形成良好的供需關係。

當舊世代仍留在職場上，要做的並不是逼退，而是如何善用他們。當今人類正面臨一批前所未見的健康老人，體力腦筋不輸年輕人，隨著醫學愈見發達，人類長壽只會變成常態，英國一項研究顯示今年十六歲的少年每五人會有一人活到一百歲。老人如何繼續貢獻依舊旺盛的勞動力，如何將技能經驗無私傳給毫無生命經驗、遑論職業經歷的年輕人，而不鄙視他們，如何與年輕人肩並肩工作，且不以己身的社會資源與決策地位以霸占年輕人的就業機會，成為一項高齡化社會的共同課題。

我們習慣八十不稱老時，請別忘了二十歲已是法定成年人。就在不久前的二十世紀初，更多男人二十歲已是人家的爸爸。因此，產業應該給年輕人機會，不要受限於世代偏見，讓他們從工作中學習。有機會犯錯受挫，才有機會累積成長。草莓破皮了幾次，自然長出厚繭。

而青年人更應團結起來，在公共領域積極發聲，扛起社會責任，主動追尋自己的未來。畢竟，要人家不把你當孩子的前提便是自己先拒絕當個孩子。

草莓革命

正當全球目睹發生在中東的「阿拉伯之春」浪潮，由於新科技媒介的使用，外界於是籠統稱作「臉書革命」、「YouTube革命」、「推特革命」，雖然不脫封面標題的花稍口吻，卻也點出年輕世代的關鍵角色。

每當新科技發明，像是電燈、鐵路，無疑地，立刻改變了人類生活，從而影響了人們腦子裡的思維價值。有了電梯，人們連七秒鐘也不耐煩等，因為我們的速度感已產生變化，如同飛機微調了距離感，網路也重組了人們跟世界的關係。網路以及其後一連串相關科技文化的誕生，微調了人們對周遭環境的感知，進而影響自我的定義與期待，由個體所組成的社會勢必隨之改變。因此，此次中東茉莉花由最熟悉科技的年輕人主導開花，並不意外。

關於傳統與現代，關於社會與個人，關於在地性與全球化，所有非西方社會一直在思辨，除了引以為傲的自身文化，世上到底有無普世價值這件事？回教社會的年輕人顯然給了一個明確的答案。

在這些地域，統治者家族霸占政權均長達三、四十年，權力結構僵化，社會升遷停滯，造成了年輕世代的貧窮，沮喪不滿。年輕人在自己的社會框架內看不到希望，卻藉由新科技，看見遠方原野，遼闊而無際，而隔在他們之間，只有由掌權者擅自以集體之名堅持豎起的藩籬。

其實，反叛並不是年輕人必有的特質。大部分人成長時都選擇接受現有制度。日裔英國小說家石黑一雄的小說《別讓我走》表面上在談複製人的命運，卻悲涼點出一般青年面對既有社會的認命與無奈。他們在學校受制式教育，幻想無限可能的將來，實際上他們的命運早已遭社會權力高層所規畫，無論夢想多麼遠大，依然只能長大成人一段時間，很快便在逐漸貢獻己力之後損耗殆盡。

到了後來，友誼與愛情依然是每一代人尋求靈感力量的來源。活在新科技的年輕世代也許狀似孤僻繭居，卻有自己的管道去建立他們的社會聯繫，形塑他們的時代價值。臉書的「讚」字看似膚淺，平時只用來搜折價券，進行社會討論時便起了「吾道不孤」的群體力量。

台灣經過威權的世代總是憂心忡忡，「草莓世代」徒有大把自由，卻毫無社會責任感。然而，草莓青年卻面對上一代人根本無法想像的環境，新科技開展了他們的視野，卻也給了他們前所未有的挑戰。過去那個威權社會因為高壓統治，資訊封閉，反抗有明確對象，市場缺乏競爭，環境卻相對穩定。今日草莓面對的社會，歷史結果依然不明確，道德價值多元卻也紛雜無解，更直接承接全球化競爭壓力。譬如，少了冷戰，他們必要與中國因素共生存。

埃及青年對著鏡頭說，「我們必須相信，必須自己試。」利比亞青年說：「無論如何，這是我們自己的革命。」也許在老一輩的眼裡，物質豐裕的臉書世代所要面對的問題根本不算真正的問題，但，唯有他們才知道什麼是他們的時代困境，也唯有他們才能親自面對。

世代正義

國民黨回籠執政，提出內閣名單，平均年齡接近五十八歲，行政院正副院長都在六十五歲以上，外交、國防、教育等重要部門首長無不衝過六十大關，國民黨提出來的理由跟爭取提名美國民主黨總統候選人的希拉蕊一樣，因為他們有經驗，所以更適任。

當然，如果總是同樣一批人在做同樣的工作，除了他們，誰有機會累積經驗。無怪乎，也出現所謂人才斷層的抱怨。

每個發達社會都面臨相同的問題，就是隨著社會高齡化，如果大家老當益壯，不必也不肯退休，那麼，原本透過世代自然輪替而新陳代謝的勞動市場該如何解決過度擁擠的現象。

後浪急著上岸，但舊浪仍在沙灘上滯留不去。科技發達，醫學先進，加上整容手術、染髮劑，人們活得愈來愈長，身體愈來愈健康，外貌愈來愈年輕，退休年齡一直往後推，五十歲的體能不輸少年郎，七十歲以上才開始勉強稱老，所有的消費文化與社會價值都在鼓勵人們不服老且不顯老，人們忽然沒有了退場的時間表。與四十八歲歐巴馬共同競選總統時，美國共和黨候選人馬侃（John McCain）已經高齡七十幾歲，仍活躍爭取美國總統這份堪稱世上最勞累的工作。

老人看不出理由需要退場，作為勞動市場的新來者，年輕人逐漸滑落為不確定的世代。他們的前輩年紀輕輕就能成家立業，找到穩定工作，置產投資，享受退休保障，新一代的年輕人卻高失業率，低薪資，做些服務業零工，就算幸運在體制內有份工作卻前途茫茫，不知何時升遷，既買不起房子也沒錢養孩子，等到他們退休時能否同等享受今日的福利制度，他們完全沒有把握。

身為目前勞動市場的既得利益者，中老年人擁有更多的社會資源，壟斷主流發言權，因此有能力修正法律與制度，以強化保證自己享有的工作權與福利。

法國社會即是典型，移民、年輕人等市場新鮮人都被排拒在體制之外，不得其門而入，二〇〇六年法國大學生上街遊行，阻止政府頒布首度就業法，該法意圖允許企業任意開除二十六歲以下的青年員工，毋需理由，而法國各地郊區的移民青年因為飽受年齡與種族的雙重歧視，更憤而焚車燒街，激烈抗議。日本年輕人終年幫資深幹部提公事包，只能擔任低階的工作，不能參與決策，薪水始終升不上來，於是大量貧窮化。主流媒體更把青年貼上「草莓」、「御宅族」等標籤，將年輕人簡化為一群不懂世事、不能吃苦、面對現實生活完全沒有處理能力的人。掌權的壯年族卻感歎人才斷層，除了自己，再也後無來者，足堪大任。

除了勞動市場的就業問題，日益高漲的環保意識更率先將世代利益帶入討論的焦點。誰能責怪每一個當下正活著的人類先替自己打算，先求自保，而傾向把政府債務、能源危機、地球暖化等問題留給還不存在的後代去解決。然而，人們雖然還看不見新一代的人類，卻能看見他們的生活環境，因為地球只有一個。因為被迫要分享空氣、水、石油等自然資源，將不同世代擺在一塊兒，而有了微妙的生存競爭的關係。

由於被迫要分享空氣、水、石油等自然資源，將原本屬於不同時空的世代擺在一塊兒，而有了直接共存的關係。在環境議題上，未來人類明顯處於弱勢，因為每一個族群都能推舉自己的代表發聲，要求權利，然而，未來人類因為還沒有出生或尚未長大，便不可能有代表在現有體制替他們發言，影響公共決策。

人類史上，種族、性別、文化、階級的差異曾造成社會機會的不均等，人類的長壽無意間竟造成了一種新的社會衝突。現代民主社會裡，多元化是重要價值，通過每個族群的發聲，進而打造一個更好的社會，因而我們有婦女、殘障、少數民族等弱勢團體代表的保障名額，提供不同的觀點，以完善制度。如果老人都這麼優秀，青年人因而被長期邊緣化，也許，不久的將來，我們也該有青年保障名額。

亞洲朝代政治

二〇一〇年菲律賓總統大選，兩名候選人均是政治世家後代。前任總統艾若育的父親曾是菲律賓總統，而當選的艾奎諾三世也有一雙總統父母。當時，紐約時報專欄作家菲利浦．鮑林（Philip Bowring）評論，家族血脈流滿亞洲政治版圖，從韓國、日本、台灣、印尼一路到印度、巴基斯坦，諸多政治領袖不是某人的婚配、就是某人的兒女，甚至孫輩，因而感慨「朝代」政治籠罩亞洲。

其實，不僅亞洲，西方也「朝代」滿天下，美國有甘迺迪家族、布希家族、柯林頓家族，法國總統薩柯奇的兒子想角逐巴黎商業區董事長，民意強烈反彈，只好退選，悲憤反嗆自己才是那個姓氏遭歧視的人，最後仍撈了一職董事。他當時才二十三歲。

亞洲社會由於家庭觀念更濃，大多道德標準皆依人倫而定，一個亞洲人一輩子多少均活在家庭陰影下，以至於日本作家太宰治寫下「家庭幸福是萬惡之始」的句子，為了家庭要幸福而發展出利己主義，即使因此犧牲社會公義也自以為道德正當。姓氏猶如名牌，血統就像品質保證書，入了社會，比文憑執照還有用。朝代現象處處可見，包括政治、企業、文化等社會各界，公司即使上市了，仍由兒孫親戚來管理，父母是文化名人，兒女也要出書。

就某方面來說，「家學淵源」、「子承父業」有其道理。聲樂家的兒子就算不會唱歌，從小耳濡目染，仍有機會懂一點貝多芬，雖不表示他比木匠的兒子更有天分。翁山蘇姬繼承她父親的革命情操，投身緬甸民主運動，顯現了超乎常人的意志，家庭背景給了她一定包袱，同時也給了她一定高度。

然而，氏族陰暗面之所以令人痛苦，因為殘留封建權貴的氣味。曾經，一個人什麼都不用做，但憑出身，就繼承了一切土地、財富與特權，而另一個人卻什麼都做了，依舊不能受教育、投票，得不到法律保護，沒有掌握自身人生的資格，一輩子只有納稅義務，養活另一群姓氏優秀的人。進入現代民主，家族利益不再受到封建保障，社會遴選智賢的方式講究公開平等，家族仍透過財富、教育、人脈等社會潛規則，打造出菁英血統的社會氣氛。

面對香港旅遊團巴士挾持事件，艾奎諾總統輕鬆微笑，引喻莫斯科劇院事件，人質死傷難免。究竟，他活在怎樣的社會環境裡，導致他做出如此不近人情的反應。雖是所謂的民選總統，他卻無需懼怕民意，超然冷靜，對他來說，這樁暴力案件不過是一種類似藏在圖書館裡的冰冷社會數據。他所無法親近的，何止那些香港觀光客與其家人，也包括那名激憤犯案的菲警殺手。

因為父親犯下滔天血案而歧視他兒子的同一社會，也會因為某人是誰的兒女而投票給他。孩子何其無辜，血統何其無關，為了一個家庭的榮耀，又何須賠上其他千萬家庭得到幸福的權益。

政治美貌時代來臨

澳洲女總理頂著「澳洲史上最性感女政客」光環，日本議員蓮舫入閣時外號「美女政治家」，英國首相卡麥隆和他的友黨副手克雷格則被媒體形容為一對帥哥酷弟，網路票選誰比較適合當丈夫；而美國最受歡迎的性感偶像並不是《暮光之城》的羅伯·派汀森，卻是老少咸宜的總統歐巴馬，男人女人不分膚色都愛他。

歐巴馬當選時，傳言近年來努力經營公益形象的好萊塢女星安潔麗娜·裘莉因此考慮將來參選總統，她自認如果歐巴馬能以一張嘴和他的長相當選總統，她也能辦得到。

「清新的臉孔」，這是政黨陷入泥沼時希冀爬出困境的萬靈丹。而今，「清新」兩字直接對等「清秀」。選政客，愈來愈像進超級市場選水果。攤上蔬果琳琅滿目，因為無法當場剝皮檢驗水果內容，只能單憑視覺氣味抓個大概印象。傳媒發達，形象公關早已是一門講究的藝術，網路原本應該扮演抓包國王穿新衣的小孩，而今卻也加入神話包裝的戰場，真正做到「廣為流傳」的地步。

政黨擺水果攤，選民選水果，長相好的水果當然先被挑走。然而，政治講究的相貌卻非絕世容顏，而是「看起來」誠懇、親民、實在及認真。美麗的蓮舫只穿黑白套裝，嚴肅、微笑、認真等三號表情交替使用，令二〇〇四年才從政的她短時間內贏得大量民心。

政治也走外貌協會路線，是政客膚淺，還是選民膚淺？其實人類挑水果的歷史源遠流長，民眾本來就不可能隔肚皮知人心，無論多少理性分析，最後臨門一腳往往仍憑個人喜好直覺。打造路易十四的工程固然不易，可是大家也是崇拜了好久才知道太陽王這傢伙看似豐功偉業，其實耗盡法國宮廷財政，終使他的皇家子孫走上斷頭台。

進入臉書時代，週期縮短，神話製造速度快，破滅也快。不用一次社會騷動，便能立造一名英雄，也不必一場流血革命，就把國王趕下寶座。二〇〇四年之前，歐巴馬遠在全美政治地平線之外，到了二〇〇八年，他力掃千軍長驅直入白宮；共和黨想以其人之道還治其人之身，也挖出一張「清新」臉孔莎拉．裴林（Sarah Palin），果真立馬炒出熱氣旋，可惜她曝光沒多久，醜聞以更快速度曝光，政治壽命不過一個選季，如今已改行當名嘴。

神話最怕戳破。年齡愈大，在世上行走的歷史愈長，愈留紀錄讓人檢驗。以往政治人物總做到一把老骨頭渾身病痛仍不下台，如今遊戲規則翻轉，愈年輕愈不易有機會犯錯，才能「清秀」兼「清新」，一夕之間，國際間，所有檯面上政治領袖幾乎都不滿五十歲。年輕人問歐巴馬如何從政，歐巴馬因此語重心長地回答，最好十八歲之後就不要再往臉書貼任何愚蠢的東西。

台大校長感歎台大學生只靠美貌，感覺很可惜。政客只靠美貌，對全社會來說恐怕更可惜。

三個兒子

在北部，連勝文選前遭槍擊，催出國民黨票源；在南部，陳致中頭罩召妓疑雲，最高票當選議員。二〇一一年五都選舉，兩個兒子上了祭壇，選出了南北分裂的台灣。別管檯面上那些大人們還在聲嘶力竭，大言不慚討論台灣前途，這場地方選舉暴露出了台灣民主面臨菲律賓化的危險。

連勝文以及陳致中，都不是一般人的孩子。這兩個兒子，在普通人眼裡，均集三千寵愛於一身，也各自背負了原罪。他們身上所糾結的文化認同、族群符號與經濟團塊，恰好代表了台灣最極端的兩頭，這兩頭始終拉扯著社會，不肯讓台灣集體和解，即使大部分老百姓早已疲倦不堪。

連勝文背著北部、中央、菁英、漢語、國民黨權貴、城市資產階級等社會標籤，同時，陳致中扛了南部、地方、草根、台語、民進黨大老、三級貧戶翻身等。天秤兩邊，秤上各站兩個兒子，那邊上，那邊兒子就無緣無故享盡榮華富貴，想推都推不掉；這邊下，這邊兒子就飽受社會歧視刁難，想畫清界線重新做人都不可能。他們猶如古代祭典上的牲禮，供社會發洩憤怒、散布恐懼，滿足嗜血欲望。

台灣沒有真正的政黨，因為我們從來聽不到政見，四周只有情感訴求。當代台灣依舊深陷於傳統宗派結構。父執輩認識甚至世交，誰都是誰的兒女，姊妹、兄弟、舅甥、叔侄，家族結盟聯姻，拉進女婿媳婦與其他姻親。表面上現代民主化，骨子裡仍是封建家族制，只不過用些族群省籍、文化正統、城鄉南北等字眼擦脂抹粉，而一般老百姓仍落入等著靠他們吃飯的長工幫傭類，大選時還要分營對壘為他們搖旗吶喊，彷彿他們家族前途就是你我的社會正義。他們喊殺，我們都不要活了。連勝文與陳致中已算全國層次，其他暗藏於地方的氏族關係更錯綜複雜，媒體從不報導，外人根本摸不清楚。菲律賓南部二〇〇九年冬天發生選舉屠殺慘案，造成五十七人死亡，主因便是家族政治。菲律賓為一百六十多個地方家族所控制，以家族為中心形成的利益團體搶奪、霸占並吞噬社會資源，造成腐敗的根源，政治鬥爭不休，每回選舉，幾乎只在平衡各方家族利益，無人關心民生建設。

陳致中這孩子「很乖」，連勝文這孩子「很勇敢」，然而民主制度原本應該屬於第三個孩子黃運聖，枉死的二十九歲青年，媒體口中的「群眾」。他手上那張票本應給他一份光明未來。富貴不由人，沒人能選擇出身，但民主制度主在打破出生規格，使社會規畫趨向大多人的需求，不使家族壟斷，不讓派系圈地，所以沒人可以因為掌握了多數資源且親友相護，而不怕社會制裁。

每回選舉，都應是我們進行一次重大社會討論的機會，我們要決定如何整頓市內交通，怎麼增強學校師資，建設光纖網路，完善環保回收系統，興盛文化活動，擬定地方產業政策等等，然後我們選擇那個我們認為有能力、有熱誠及有毅力的執行人。這不是愛與恨的對決，也不該是敵與我的戰爭，而應有點像新年新希望似地共同規畫社會未來。

是的，選舉應該帶來希望，而不是毀滅。如果我們繼續盲目「搏感情」，不改變投票習慣，那麼，最後真正獻祭濺血的人不會是誰家公子，只會是「群眾」的兒子。他的名字叫黃運聖。

虎媽鷹父大評比

華裔美國人蔡美兒自稱「虎媽」，以全天下中華母親之名，寫了本個人育兒經，正值美國經濟衰退、中國崛起之餘，觸動了敏感神經，因而全美騷動。

據她的說法，世上分「中式母親」及「非中式母親」兩種母親，而她的書就是要解釋「為何中式母親更棒」。她驕傲地告訴她的美國同胞，身為中式母親的她逼迫孩子練琴六小時不得間斷，嫌棄退回女兒親手繪製卡片，不准玩耍，不准去朋友家過夜，無權挑選興趣科目，罵她們「垃圾」。蔡美兒自認育兒成功，證據就是女兒得獎多多。

可以想見此書一出版立刻引起諸多批評，甚至嫌惡。有位亞裔美國女孩在網路留言，「這本書引發我生理上的痛苦。」多年來，亞裔美國族群努力想要打破他們社會箝制在他們頭上的刻板印象，而今，一本書又把他們送回原點。在其他美國人眼中，他們再度成為一群乖乖牌，追逐成績單分數就像一個國家只追逐經濟數字，講究技巧，不重創意，只喜歡賺錢，不跟除了自己家人以外的人相處。

真正令人困惑的，其實不是蔡美兒的嚴苛育兒法，因為全世界中產家庭都灌注全力以求孩子成龍成鳳，恐怕還是書中透露出來的單一功利主義。雖然她是道地美國人，她以中華母親名義說出來的話，多少讓太平洋另一頭的正宗中華社會不得不照進鏡子裡，仔細檢驗自身靈魂。

不問我的成就對社會有無意義、我的技能對世界有無幫助，及我的快樂是否也促進人群幸福，虎媽教誨孩子，社會不重要，閉門讀書，專心通過你的證照教育最要緊。社會將聆聽你，因為你有獎盃，而不是因為你的音樂打動了他們。這跟台灣監察院長王建煊罵「大學生打工笨死了」有異曲同工之處。

身為法學教授，蔡美兒提起當年念書時，她「從來不在乎犯人的人權，當其他學生質疑法條，我只想記下重點，趕快背起來。」她不信獨立思考，全盤接受現有體制，表現出一種對世界不感興趣、只求獨善其身的態度，果真隔岸照亮了中華社會的共通困境：我們總是擁有無數優秀個體，總加起來之後，這個集體卻宛如一盤散沙地不怎麼樣。

而且，若照「虎媽無犬女」邏輯，菁英模子只有一副，萬一出了犬子，甚至長頸鹿、河馬或倉鼠，虎媽該如何自處？台灣校園的霸凌現象，難道不是那些被放棄了的孩子對成人社會加諸於他們身上的「暴力」所表現出來的一種變相反抗？

蔡美兒用生肖老虎形容她所謂的中式母親，因為老虎凶猛，威震八方。她護照上的那隻老鷹也屬猛禽類，平時遨遊高空，卻依然令地面動物感到膽怯。當老虎腳力勇健，老鷹展翅就翱翔萬里，飛在世界的制高點。

倘若真有虎媽這回事，也許她們該教導孩子，不要只做一隻孤芳自賞的老虎，學習與其他動物相處，與團體協心，付出友誼與同理心，所以當上萬獸之王時，不會誤認這是你練出一身筋肉的報酬，而是一份可敬高貴的社會責任。

老男人與他們的愛情生活

義大利男人貝魯斯科尼七十二歲，已婚，為人祖父。他同時是義大利總理，跟十八歲女模特兒牽扯不清，時常豪宅召妓狂歡，天天為了他熱鬧的性愛生活上報紙頭條，搞得全球皆知，他意緒飛揚向同儕炫耀，他不是聖人，但「幹起來像個神」。

台灣有位六十歲的企業家娶了自己同學的二十八歲女兒，諾貝爾獎得主的大陸科學家則在八十二歲時娶了二十八歲的研究生；當然，老少配並不是男人的專利，也有五十一歲的卡拉ＯＫ店老闆娘莉莉與十八歲少年郎店員談戀愛，雖然因為女性生育年齡而遭身心專科醫師批評為「不健康的社會現象」。

但，人類社會向來有許多戀愛行為不是為了繁衍下一代而發生，譬如同性戀，因此年齡差距所暗示的生育障礙不是人們喜孜孜評論的重點。身為地球表面上唯一能不受生配季節影響、隨時想做愛就做愛的動物，人們熱心談論老少配的背後，多少帶有欣羨對方還能「像尾活龍」的嘖嘖稱奇。

某層面來看，老男人的年輕女伴就像老女人的昂貴乳霜與整容手術一樣，具有某種回春效果。跟比自己年輕的對象戀愛，因為對方仍稚嫩，對世界仍充滿好奇與探索的欲望，年長的伴侶從對方的目光重新體認世界的新奇，再度發掘生命的樂趣，忽然發現自己原本遲滯老朽的心境跟著輕快許多，彷彿回復年少。這類心情也常發生在伴隨孩子出生長大的父母身上，很多人都忘了蘿蔔屬於植物的根部或莖部，卻從孩子的小學教科書再度學習而覺得新鮮有趣。

以往，老少配可能只屬有錢老男人的專利，因為豐富的社經資源，使得年輕女子願意放棄與同齡男人「生物配種」的機會，選擇更優渥的「築巢」環境。然而，隨著社會高齡化，性愛道德自由，銀髮族儼然成為新興的性愛族群，連好萊塢電影都不斷吹捧，老少配詭異地沾染了世代正義的色彩。

世代正義變成愈來愈迫切的議題。談及環保，當代人沒權用盡地球資源，因為尚未出生的後代對地球有同等擁有權。同樣，論及就業市場，人們愈活愈長，一方面無法退休，需要繼續工作養活自己，一方面卻又形成老人霸占職場資源，年輕人失業，就算找到工作也很難升遷。而這幾年全球緊張的金融危機，各國政府為了刺激自己的經濟，擴大債務，日後當然債留子孫。

老男人跟年輕女人在一起，真是干卿底事，但，如果真有誰該感到氣憤，應是與她同齡的男孩子。因為，某方面來說，老男人搶奪了他們的資源，就像用光了本該他們的石油藏量，迫使他們必須找尋其他替代能源。所以，真正有趣的並不是老男人一夜還能做幾次，卻是資源分配的公正性。

隨著醫藥科技發達，人們愈發長壽，愈發健康，不分男女，不分年紀，十七歲也好，七十歲也好，每個人都有活下去的生命正當性；而且，不僅要活，還要活得好。雖然推娃娃車的年輕母親總是很有權利感地橫衝直撞，覺得天下路人都活該讓路，只因她帶著一個嬰孩，但，實情是她的孩子的確不比走在路上的五十五歲婦人更有資格活在世上。所有生命均平等。

當五十歲容顏體能不輸三十歲，這個地球愈來愈擁擠，如何形成新的社會正義愈發重要，因為地球就這麼大，社會資源就這麼多，即使每個人的權利感可以無限擴大。

一個人一輩子要談幾次戀愛才值得，現在，可能要問：一個人一輩子究竟該花費多少地球資源？是的，我們都想活，我們都想證明自己還行，仍能站上浪頭挑戰生命的原始規律。女人不肯老，男人不肯退，消費社會鼓勵所有人用盡各種方法變成一個貝魯斯科尼，七十二歲當總理，拉皮植髮，吃睡講究，活力無量，與孫女輩鬼混上床，證明自己仍是一匹年輕種馬。

一切，都至死方休。

美國人為什麼不害怕？

歐巴馬上任了。兩百萬美國人湧進他們的首都，身處零下七度低溫，搖著小國旗，胸前別著徽章，迎接第一位黑皮膚總統入主白宮，成為全美及全球最有權力的人。

兩場戰爭尚未結束，中東危機加深，美國財政赤字破紀錄達一點二兆美元，負債破表達十點六兆美元，在此「嚴峻寒冬」（套用歐巴馬套用華盛頓的話），向來冷靜內斂的歐巴馬沒有過分利用他個人的「光榮時刻」，反而選擇平實語言，節制了他有時過於精練的演說能力，但，這不妨礙美國民眾在他宣誓就職後情不自禁齊聲高喊他的名字。

非常時機，非常領袖。

打從年輕參議員歐巴馬出現於政治地平線上，布希政府的一連串決策錯誤就像是準備好一個完美風暴，使歐巴馬得以接近完美政治領袖的身姿登場。他很少說錯一個字，不曾犯下致命錯誤，他讓喜劇演員沮喪，令媒體毒舌驚豔，鼓舞了大多數美國人。當美國面臨八十年來最慘痛的經濟衰退，短短四個月內兩百萬美國人失業，民調指出，美國人並不天真認為歐巴馬將解決一切，也不相信危機很快過去，但他們期待歐巴馬，願意等待。因為，他，讓他們充滿希望。

完美的政治家，如同完美的愛情，每個成年人都會告訴你，在現實生活中完全不可能。對政治失望，就像對愛情幻滅，是人生必經過程。

歐巴馬的崛起，乃一齣無懈可擊的金獎鉅片，編導精準，演員稱職，既具時代宗旨，又溫情動人，每個離開戲院的觀眾都無法否認心中澎湃著一股騷動情感。但是，電影歸電影。當人們回到烏煙瘴氣的都市街頭，口袋只剩零錢，星期一上班要擔心解雇，他們就會搖搖頭把那股感動甩到身後，恢復世故；如此，現實生活中必然發生的失望才不會變成絕望。

因此，許多人已經準備對歐巴馬失望。英國人回想一九九七年五月布萊爾剛剛上台時，台灣人回想二〇〇〇年三月陳水扁當選總統，他們均迎合時代召喚，像希臘悲劇最後結尾時從空而降的機器神，準備解決當下看似不可能的情境。結果，你瞧，布萊爾跟陳水扁執政之後都發生了什麼事。

歐巴馬在一個更不可能的情境下凌空降至政治舞台，期望更高，希望更濃，隨之而至的失望只會更重。

嫉俗分子通常是對的，也許歐巴馬只會證明了政客終究一張花嘴，他的一兆美元救市計畫把美國推往更深的經濟泥淖，他的菁英團隊將沉溺於個人英雄主義的意志角力，他的國防外交將因用了最大政敵希拉蕊而荒腔走板。

然而，當下，美國人需要歐巴馬這個總統，因為歐巴馬神話其實是美國核心價值的再確認。在布希政府令人沮喪的執政之後，美國聲望下滑，經濟衰退，美國人已經認不出自己是誰。不似其他國家以特定種族文化當作立國基礎，移民立基的美國人靠的是共同價值以及據此而建的制度法律來建構他們的身分定位，許多看似陳腔濫調的理念價值因此不斷重複，在不同時間地點一再出現，包括好萊塢電影和歐巴馬的就職演說。維護這些普世價值，即在維護美國這個國家概念。

美國人賭注並不在歐巴馬，而是在他們自己。這個擁有肯亞父親與堪薩斯州母親的混血兒，此刻被高高舉起，當作美國混種文化搖籃所能誕生的最佳代表，幫助他們繼續相信；他不是救世主，但，他肯定是美國精神的完美之子。

歐巴馬深知這個道理，因此在就職演說裡不斷使用「我們」，表示挑戰是新的，迎接挑戰的方法也是新的，成功所須依靠的價值卻是舊的，這些價值「是推動美國各段歷史前進的靜默力量」，更強調，「我們不會為我們的生活方式道歉，也不會猶豫去捍衛它。」

一個選擇相信自己的人，當然無懼未來，即使前方充滿荊棘。而，要問的是，台灣人，我們害怕我們的未來嗎？

光說Sorry還不夠

美國導演薛尼·波拉克在一九七四年拍了一部關於日本黑道的片子《高手》（*The Yakuza*），裡面的黑道人物表達歉意的方式就是把自己的尾指切下來，包在漂亮的手巾裡，當作禮物送給對方。波拉克說，他為這種儀式所著迷，因為西方人的邏輯是，我都說對不起了，你還要怎樣，但，在日本黑道文化中，口頭道歉卻不夠，真心誠意的道歉是要親身體驗對方所經歷的痛苦，因此，適度傷害自己的肉體才能完滿對方的遺憾。於是，片尾，一個美國角色亦有樣學樣，把自己的小指忍痛剁下，送給他深深致歉的日本人對象。

二〇〇八年新官上任的澳洲總理陸克文（Kevin Rudd）含著淚光，代表政府在國會為了歷屆政府所實施的原住民同化政策，向「失竊的世代」（The Stolen

Generation）鄭重道歉。直到二十一世紀初，澳洲政府是已開發國家中唯一遭聯合國人權官員痛批為種族歧視國家。

澳洲，當初被白人當作一塊荒蕪人煙的原始土地而登陸。被莫名搶奪了土地家園的原住民在白人眼裡不過是比袋鼠高明不到哪裡去的野生動物，他們因為白種人所帶來的不知名疾病而大量死亡，手腳被鎖鍊銬住，送往各個白人家庭當作奴隸使用。

從一八八〇年到一九六〇年，尤以二十世紀的三〇年代為甚，無數的澳洲原住民孩子被政府從他們父母身邊帶走，送進孤兒院或寄養於白人家庭，為了讓他們接受白人文化的洗禮，以棄絕自身的語文與風俗習慣，也為了讓他們的父母能「專心」為白人家庭工作。這項政策乃包含在一大套國家方案，目的為了打造一個統一的國家身分，原住民文化被認定是一個遲早必須消失於白人主流文化的次等文化，他們的孩子於是成了「失竊的世代」，偽裝成假白人活在白澳社會之中。

迄今，澳洲原住民仍然生活在社會的邊緣，貧窮程度恍如第三世界貧民，平均壽命不超過五十歲，像樣的土地不曾歸還一吋，白人政府還在他們僅有的荒漠圈地上試射核彈，連聲招呼都不打。也因此，數十年來一直為原住民族群發聲不遺餘力的澳洲記者約翰．皮爾傑（John Pilger）要求所有人抵制這個「道歉日」。他批評，這個道歉來得太遲，又毫無實惠，白澳政府應該將原住民當作一個完整的國族，平等互簽協議，且擬定政策，幫助原住民脫離貧窮。

讓白人把土地權全面交還原住民，大概就相當於波拉克所驚迷的切指儀式，聽在白澳政府的耳裡可能不太實際。然而，如果不切指，如何顯現誠意，是澳洲政府接下來必須規畫的步驟。同時，承認原住民在白人抵達之前就存在的事實，將重新挑戰兩百年來澳洲所致力建造的白人國家身分，歷史必須改寫。關於澳洲原住民的討論，其實是一場何謂「澳洲人」的激辯，如同台灣社會一直不能脫身的文化風暴。

作為台灣人，我一直都認為這種身分認同危機是件好事，怕就怕有個偉大的文化定論，把一個不過是護照和賦稅的法律層次升等成抽象的道德緊箍咒，隨便一個咒語，就弄得大家都頭痛。認同是一種自由，同化是一種選擇，沒有哪一套文化價值擁有不容挑戰的基因優勢，可以恣意踐踏其他文化演化的歷史機會。

但是，當所有人認為應該把歷史的結果當作一個既成事實來接受，因此要讓過去就這麼過去，這又是一個道德的陷阱。容忍應該擺在未來，而不是過去。如果不對歷史有個清醒犀利的理解與批判，未來的容忍將失去積極的社會意義。

就當二二八紀念日又將來臨之際，因為台灣近幾年淹沒在選舉語言裡，人們容易將那段史實斥之為陳說，而輕忽歷史的重量。一黨專政時代的白色恐怖不僅是二二八事件的省籍衝突，還包括對左派知識分子、共黨同情者、民主異議人士的普遍壓迫。年輕一代需要回顧歷史，不是為了幫誰切小指，而是為了確保不遺失自己的未來。

歷史從來不是跟特定政黨綁在一起，也不該是政府的，而是屬於人民全體。我們選擇記憶，因為那是我們的集體故事。當台灣今日能以一個現代社會的樣貌向前推進，請別忘記，那是因為許多失竊的人生靜靜地躺在幽暗的歷史隧道裡。

若中國統治世界

英國作家馬丁・賈克（Martin Jacques）與香港律敦治醫院長達十年訴訟最終賠償和解。

出版《當中國統治世界》（*When China Rules the World*）的賈克短暫住過香港十四個月。千禧新年除夕，歷史學家霍布斯邦夫婦在他香港家中作客，賈克的印裔馬來籍妻子癲癇發作，元旦清晨一點送醫，一月二日院中遽逝。

妻子死前無奈，華人醫護對她簡直視而不見，不知她懂廣東話的護士用廣東話鄙夷她，她這個印度阿差壓在醫療體系的「底層的最底層」。妻子過世，他提告醫院種族歧視，怠慢治療，指稱號稱國際大都會的香港其實烙滿歧視，既有漢人優越感作祟，又承襲大英帝國的種族階級觀，這樁官司促使香港二〇〇六年通過反種族歧視法案。

妻子教會白皮膚的他用另一套非西方眼光來看待世界。目睹他優秀美麗的律師妻子去到各地均遭冷淡對待，飽受莫名歧視，終悟種族偏見不僅存於白種人，而是一套全球價值系統，各個種族早已深植內化卻不自知，甚至否認，例如中國的漢人。

面對一個「西方製造」的全球，世人渴望中國崛起，均衡版圖，讓世界更平等相容，同時，卻也擔憂中國日益狂熱的民族主義，不過生出另一個「中國製造」的全球。

認定華人的種族歧視令他痛失愛妻，賈克卻寫書探索「中國統治」的世界情境。他以為中國不算民族國家，中國人以五千年歷史為傲，界定自己的方式「不是國家意識，而是文明意識」，民族主義是「後來用來對抗西方殖民主義與建立現代民主國家用的」。他認為中國應該看作「文明國家」，文明具感染力，比槍砲更有效，如同美國靠民主人權取得普世認同，中國將靠文明實力統領世界，而非經濟力量。然而，「中國人對待差異的態度，是決定中國作為一支全球力量將如何作為的強有力因素。」

中國作為一個晚熟的現代國家，內部即有眾多「差異」，不僅以種族形式展現，也以城鄉、地緣、宗教、經濟階級、文化等不同形貌呈現，回教新疆、喇嘛西藏，已經回歸的資本港澳，乃至於主權獨立的民主台灣，看似統統藏於中華文化版圖裡，卻性格迥異，認同分歧，彼此之間甚至遙遠而無感。

今日「中國」概念晚至清末才形成，孫中山為了去除滿清政權的統治正當性，喊出「驅除韃虜」口號，革命成功，卻也留下漢人萬歲的錯誤印象。如今「中國」依賴中央集權，害怕任何形式的分權，以政治中心凌駕其他如經濟、文化或宗教等中心，高舉「漢化」為最優文化成果，而不再是一個繁複多樣、難以簡化的文明帝國。然而，如同兩河流域，華夏陸塊一直是塊廣闊而豐厚的古老大地，任歷史浮雲飄過，政權有起滅，族群有興衰，不變的是深厚的生命力量將不同人們的命運綑綁在一起。

這些不同命運所展示的「差異」，會是政權的阻力、或是社會進步的動力，全看「中國人」接納「非我族類」的胸襟與眺望下一輪世紀的眼光。

中國內部的力量

任何改革都必須自發於社會內部。外人能引發無形影響或給予道德支持，但無法真正起到作用，除非待在社會裡的人們真心想要改變，當下的制度將繼續下去。人民選擇自己的社會。就這層意義來看，諾貝爾和平獎頒獎給中國異議分子劉曉波，只是送送花籃，實際效應不大。

華人社會對人權的概念一直來半套。雖然言必稱孔孟，強調多麼以人為本，中國共產革命甚至還丟出響亮口號「為人民服務」，實際上，所謂的「廣大人民」長期以來面目模糊，且不斷被告知「有飯吃萬事興」，彷彿整個民族除了吃飯這件事，其餘都不（該）關心。凡事缺乏了物質基礎，便失去了價值，因為不能吃，不值錢，就沒有用。也因此，華人雖然號稱文明源遠流長，崇尚禮樂，驕傲自己不同於「物質文明」的西方，卻以務實精神為傲，高舉吃飯主義，推崇賺錢，排斥、驚懼甚至鄙夷任何看起來「現世無路用」的抽象思辨與文明價值。

人權，因此，到了今日中國，簡化為一個動作：吃。有吃，就有人權。也在此種邏輯下，有人歌功頌德，諾貝爾和平獎應該頒給中國當局，因為他們讓人民有飯吃。殊不知，讓人民有飯吃本來就是政府的「基本」責任，就像老師教育學生、警察保護人民、醫師治療病患，此乃天經地義，無需誇口。

吃飯，不過「基本」人權之一。除了吃飽，人民也需要且擁有獨立思考、自由進行社會討論、彼此聆聽、學習共同生活進而自我實現的機會，也就是，不只當一隻吃飽發呆的「快樂的豬」，也要作一個尋求生命意義的「憂傷的蘇格拉底」，創造生活的意義，探索社會的極限，共尋一個更適合所有人平等追求美好生命的社會框架。這是「一個人」的權利，更是權力。

「劉曉波」，是「一個人」的名字，也是集體的象徵，代表了千萬個渴望法律保障人權生活的中國公民。流亡國外的著名異議分子魏京生批評，有更多中國人比劉曉波值得獲獎，劉曉波反而更常與中國政府合作，間接證明了劉曉波比誰都相信內部改革，他不是怨恨中國崛起的西方人，不是不情願統一的台灣人，對中國政權來說，他是「自己人」。一個在天安門事件發生時放棄美國安逸學術生涯、急忙趕回北京參加國家重大改革的中國學者，一個選擇服從國家當今法律不斷入獄而不是藉離開抗議的中國公民，一個希望能夠誠實生活的中國知識分子，一個想要與妻子團聚的中國男人。

不愛一個情人，你會逃跑；不愛一個國家，你會遠離。當不離不棄，甚至甘願進入對方為你設置的監牢，只為了證明你的相信——相信改變，相信未來——像不屈不撓的父母，無論過程多艱苦，陪伴在孩子身旁，堅持參與他的成長，這不叫叛亂，不叫顛覆，這叫忠貞，這叫愛。

諾貝爾和平獎是別人家的事，劉曉波這個人卻是中國的事。他是中國社會內部的力量。

中產階級的消失

某種程度來說，士林文林苑都更事件可以看待成占領華爾街運動的台北版。二〇〇八年全球金融危機發生，銀行家變成人人喊打的過街肥貓，怕銀行體系崩潰，影響主流社會，政府拿納稅人的錢資助銀行脫困，接下來政府自己出現債務危機，政府變成新一代惡棍。對現行全球體系的深切失望，從紐約發難，全球各大城市居民響應華爾街運動，希望行動改變體制。

占領華爾街運動最終不了了之。卻已真實反映了各地老百姓的憤怒與恐懼。不了了之的原因之一，因為運動陣營暫時沒能提出一套有效論述。但，值得注意的是，華爾街占領者個個手執iPhone，在廣場推特、臉書個不停，他們不是真正的都會底層，而是本來算作中產階級的分子。

就像身處台北都更爭議風暴中心的王家，並不算通常定義下的無產弱勢。王家在台北精華地段擁有土地，安居樂業，過他們的中產日子。而今，他們代替了流浪漢、貧苦勞工、異鄉人、妓女等都市邊緣人的位置，吸引了全部社會同情，大學生、學者、文化人、社運朋友統統趕到，紮營埋鍋造飯，打算幫助他們長期抗爭。

發生了什麼事情？傳統來說，都會中產階級理應是天底下最保守自私的一群人。他們總以為道德中立，相信認真工作，努力存款置產，致力把色情趕出社區，除了孩子教育與美食旅行，並不真正關心社會公義。他們對文化的認知就是雲門舞集和《天下雜誌》，想做好事就上慈濟，前衛藝術家痛恨他們的品味，社運家批評他們是共犯結構，政治家認為他們立場投機不前進，文學家諷刺他們僵化拘謹。他們是所謂的社會中堅，負責繳稅養孩子，主導消費市場，捍衛傳統價值。他們相信體制，也支持體制。他們是街頭塗鴉家存在的理由，因為他們代表了體制。

在新一幅社會圖像中，他們卻成了城市進步的受害者，而不是受益者。顯然，他們一直深信不疑的體制如今也背叛了他們。他們接下來要相信什麼？連中產階級都不相信時，我們要相信什麼？

這股不安情緒瀰漫世界城市，占領華爾街或士林王家均反映出更深層的社會信仰崩潰。一連串危機，金融失序，政府破產，企業醜聞，影響了人民久居安業的信心。當喊出「我是百分之九十九」那句口號，已經設定了這個世界只有百分之一與百分之九十九兩種人，少了原本該是最豐厚的中間階層。這已不僅關於財富分配不勻，因為王家顯然不是窮人，拿iPhone占領華爾街的大學生也不是低教育勞工，而是直指全球中產階級的信仰危機。如果他們不能靠教育、工作與民主得到他們的夢想人生，他們應該靠什麼？如果法律連他們都不能保護，政府連他們都不照顧，社會要往哪裡去？如果中產階級都抓狂了，其他人哪有社會反叛的餘裕？

著名文評家萊昂納爾・屈林（Lionel Trilling）曾說，中產階級「不是由經濟狀況，而是其與政府的關係所決定」。就在與政府聯手統治社會的上層階級與認定政府完全與他們無關的下層階級之中，有一群人認為「政府為它存在，從而形塑它的意識」。

而全球的中產階級正一波波對他們的政府投下不信任票。

社會

遭閹割了的天王

在性愛光碟滿天飛的年代裡，天王劉德華卻苦瞞戀情二十四年。成龍藏嬌妻十五年，黎明結婚要不是遭爆料，恐怕也很久不公開。

說是為了影迷著想，怕傷心跳樓，怕嫉妒殺人，因為偶像不免帶點性感成分，讓大眾在各自臥房裡有點私密的快樂。用心維持單身形象，為了怕在粉絲心裡失去暗示一對一的性魅力，而性魅力在商品社會確是最犀利的賣點。

弔詭的是，一個不約會、不交友、不上床、不結婚、不生子的中年男人居然是大眾的性幻想對象，而不是一個四處放電、言語調情、渴望熱愛、體內大量荷爾蒙始終用不完的年輕男子。也就是說，社會所追求的男性偶像基本上算是一個閹割過後的男人。

同時，賣弄色相卻對女性偶像從來不是個問題。打從一開始，就算歸類玉女，也要有身材有臉蛋，露點乳溝更是加分。不時鬧點情事，正好維持「窈窕淑女，君子好逑」的印象。除非當上惡質第三者，緋聞對女星的名氣向來只有幫助，沒有傷害。擺明沒人沾，是件壞事；過了一定年紀還沒對象，根本是醜事。高齡女星的緋聞與性魅力成正比，愈多愈好，松田聖子、瑪丹娜就怕你不知道她們正在跟男人交往。

同樣是外表掛帥，男女偶像的情慾出路大不相同，正好逆光反映出真正的社會現實。

現實生活裡，男性不必懼怕公開自己的情慾需求。他們受鼓勵去直接追求自己喜愛的對象，無須擔憂受人恥笑；他們有他們的制服酒店、裸女雜誌及日本A片，整套完熟工業服務他們的情色想像；就算婚後睡上了雙人枕頭，也不過是如成龍所說的「犯了所有男人都會犯的錯」那般稀鬆平常，沒什麼好道德譴責。

真實社會中，女性若是大聲嚷嚷自己的情慾，主動追求男性，若不引來批評，至少也要準備面對默默的冷嘲眼神。女性沒有自己的裸男雜誌，也沒有自己的色情片，包養舞男只是少數有錢女性的特權；而且相較於男性的「舞女神話」，即風塵女郎也有真心，女性的「舞男神話」根本是個笑話。已婚女性若是出軌，社會或許已學會容忍，卻不代表準備原諒。

正因為女性情慾在真實生活中很難得到主導權，這些天王男星便必須完成她們的情慾期待。他們雖然帥氣好看，卻情慾不沾鍋，天真無邪，彷彿永遠的彼得潘。他們不談戀愛，永保單身，以滿足女性在現實中渴求卻很難得到的男性忠貞。

情色工業製造性愛神話，影視工業打造愛情神話，人們藉此發白日夢，慰藉自我。女性主義作家娜歐蜜．沃爾夫（Naomi Wolf）在時尚雜誌大發議論，認定好萊塢女星安潔麗娜．裘莉為當代女性偶像，裘莉做到了現實中所有女性想做而做不到的事情，富有而美麗，既會開飛機又會玩槍枝，全球趴趴走，更重要的是，情慾自主，為所欲為，包括搶人丈夫這件事，都不曾受到社會懲罰。

全世界也不過一個裘莉，而裘莉與其說是一個女人，還不如說是好萊塢工業創造出來的一個女星商品，如同全球流行的熟女電視劇《慾望城市》，那並不是生活的鏡子，卻是為了修補現實缺憾的勵志故事。

男性情慾向來天經地義，只有管理問題，沒有創造問題。女性情慾因為長期壓抑，連接了性別解放與社會改革，隨時隨地都要戴上一頂大帽子，才能光明正大地現身，嚴肅而沉重，毫無樂趣。被迫化身藝術品、商品或文化觀念的女性情慾難免展覽的作用大於實際的操作，所投射出來的情慾對象往往展示的功能多過實戰的體驗。

因為男性有情慾，所以他們有舒淇、林志玲、鞏俐、劉嘉玲等不怕牽動影迷欲望的女星；我們不要女性有情慾，她們崇拜的男人也跟著不可能有情慾。

是女性受限的情慾想像力共同閹割了這些天王。

往天王屍體上灑香水

音樂巨星麥可・傑克森盡責做了最後一次舞台表演。就躺在他的棺木裡。

剛傳出麥可・傑克森送往醫院之時，八卦網站非常不以為然，嘲弄他最會扮假，肯定因為不能承受七月倫敦復出壓力而故意裝病，呼籲樂迷退票抵制。人確定死了，噓聲變哭聲，同聲拱他為我們這個年代的貓王。媒體推崇麥可・傑克森的葬禮氣氛有如當年英國王妃戴安娜，百萬樂迷湧向洛杉磯，十億人收看電視轉播，大小明星爭相獻唱致詞，要不坐在台下垂淚也好，唯有真正與他親近的歌星戴安娜・蘿絲與明星伊莉莎白・泰勒選擇不出席。在這場伊莉莎白・泰勒形容為「公眾鬧劇」而拒絕參與的紀念式，麥可・傑克森的棺木被抬到舞台正下方，他生前極力保護不使曝光、因此每次出門均用毯子包裹或穿戴阿拉伯女裝的子女被推上台，眾目睽睽下抽泣表達失怙的至痛。

德國作家徐四金的名著《香水》結尾一幕，生來形貌醜陋、因生活苦難而磨得心地麻木的主人翁走進悶臭腐敗的巴黎墳場，在自己全身灑下了從無數少女身軀提煉出來的無敵香水，頃刻，藏在墳場角落的各個誤入歧途而流離失所的人類如鬼魅現身，香味引出了他們的敬畏，而後欲望，而後愛慕，他們無法控制衝動想要親近眼前這個對他們來說像是天使的形體，全部人撲向他，將他按倒於地，「每個人都想碰他，每個人都想擁有他的一部分，擁有片羽、片翅，有一星點他神奇的火焰。」平日習於猥瑣汙穢的那些人為了搶奪他們以為是美的東西的一部分，就這麼集體生吃活吞了渾身香氣有如「火焰光輝」的主人翁。徐四金寫著這些吃完之後胃部沉重的人們，臉上浮現幸福光彩，心境輕快，因為「有生以來第一次，因為愛，他們做了某件事」。

以愛之名，貓王死的時候，開棺供人瞻仰。人們在溽暑酷熱中排隊，為了對著他早已浮腫變形的屍體尖叫哭泣，甚至暈眩過去。相較之下，歌手史提夫・汪達對著麥可・傑克森的金色棺木高歌〈沒想到你在夏天離去〉（Never Dreamed

You'd Leave in Summer），其實還算含蓄。

死者已逝，種種儀式多是為了生者的需求，追思逝者，克服哀痛；套上市場邏輯，儀式卻成了打造偶像神話的橋段，好讓市場機器繼續運行。

貓王死時，他的經紀人曾著名地說，「這改變不了什麼。」貓王堪稱世上最會賺錢的死人，這項紀錄可能會被史上最會賣唱片的麥可・傑克森打破。這週熱門排行榜最暢銷專輯歌手不是誰、正是方才舉行葬禮的亡魂歌手麥可・傑克森，網路音樂排行榜的十大暢銷曲本週有五首是他的作品。對麥可・傑克森本人及真心喜歡他音樂的樂迷來說，一切顯得殘酷，荒謬，憤世嫉俗，因為他們對音樂那種純粹的喜好竟不過代表了無限商機。

尤其，這商機再也不會遭到歌手本人的破壞。死神帶走了藝術家的生命，也帶走了他生前所有的醜聞恥辱。躺在金色棺木裡的麥可・傑克森不再是那個怪模怪樣的整形狂，也不再是藥物上癮的畸形人，找來宣稱跟他約會交往卻無性接觸的女明星上台悼念，掃空關於他戀童癖及同性戀的不利流言，邀請童星唱他的歌，家人與孩子齊齊證明他是一個愛家護親情的男人。

屍體經過消毒之後的麥可・傑克森，終於變得「正常」，符合社會期待。不管他生前整形幾百次，企圖打造他自以為的自我形象，在他死後，社會終究成功把他整回我們要他當的那個人。且他死了，不能像他那首〈戰慄〉（Thriller）一樣從棺木裡爬出來，用他塌陷的鼻梁或漂白的皮膚羞辱所有人的社會標準。

他將永遠是那個歌喉清亮的五歲男孩，就像貓王再也不能發胖走形，一身油膩，而將永久保持青春帥哥。

「天王萬歲」，每條新聞標題都這麼寫著。世人終能安心享受麥可・傑克森的音樂，而不必跟麥可・傑克森有所牽扯。哈利路亞。

需要的不只是民族情感

已故時尚大師聖羅蘭的情人貝爾傑拍賣他倆的共同收藏，堪稱難得巴黎盛事，拍賣前特在巴黎大皇宮展覽，人們大排長龍，只為一睹珍品風采。最後，拍賣焦點竟不是最令人引頸的馬蒂斯名畫〈杜鵑花，藍色與粉紅桌布〉，而落在兩件無關藝術史的銅雕。這兩件銅雕屬於當年擺在中國圓明園當水龍頭的十二獸首之一，遭八國聯軍割走。獸首出世，西方列強身影跟著從黑暗時空中浮現，不管北京奧運辦得多風光，看似邁向二十一世紀的中國人民馬上打回原形，又成了十九世紀那個飽受國恥的衰弱民族。

無巧不巧，紐約正要拍賣印度聖雄甘地生前遺物，他著名的圓框眼鏡、懷表和拖鞋，印度政府力阻拍賣，拍賣行歡迎各路競標，買了之後送給印度。最後，經營烈酒及航空事業的印度富商出面買下，送甘地回家，喜劇收場。

文物是否該歸還原屬國的爭議始終不少。最著名案例是柏林博物館的埃及女王頭像。三千四百歲的娜芙蒂蒂號稱埃及最美女人，是埃及豔后克麗奧佩脫以外最廣為人知的埃及皇后。多年來，埃及政府努力要追回她的頭像，始終不果。此樁文物懸案發生於一九一三年，德國考古學家協助埃及政府挖掘古物，同意雙方平分所獲，德國人挖出了娜芙蒂蒂女王頭像，驚為天人，卻謊稱這尊石灰石雕成的皇族頭像不過是某無名公主的石膏像，在埃及當局眼皮下公然帶出埃及。而今美麗的娜芙蒂蒂女王成了柏林博物館的鎮館之寶，柏林方面說什麼都不肯還。

文明古物、藝術品，說是人類文明的結晶，因而無價，到了現代經濟制度裡其實也算一種經濟商品，經過換算，代表了一張張博物館門票、一次次拍賣價格，乃至於街角藝廊及骨董店的生意。埃及、中國、印度等古老大國，大可以繼續耽溺於過去歐洲帝國主義所帶來的傷痛，抗議西方連搶帶騙掠奪了自己的寶物，然而，不可否認，很多時候，其實是這些古國子民自己挖出來賤價賣給西方，或因無知，或因窮苦，或貪圖一時利益，反正我國歷史源長，我家後院多得是，隨便一挖都是。一點點挖，一遍遍賣，最後竟然全去了別人家後院。

這也成了西方人士的自我辯護，如果寶物不是流傳到了西方，他們使用大量金錢人力，維護這些「人類的共同資產」，文明古國本身根本沒錢財也沒技術保存那些寶貝。尤其，文明古國進入近代之後很少政治穩定，每回改朝換代，都是一番激烈的除舊換新。君不見，中國發起文化大革命，以「破四舊」之名燒了多少字畫，毀了多少建築壁畫。八國聯軍割了圓明園獸首，一百年後還在私人客廳裡；紅衛兵進入頤和園，砸了一千多尊琉璃浮雕佛像，砸了就砸了。

這是古老文明子孫必須思考的問題。去除了歷史恥辱，需要積極且堅定付出能力、意願與毅力去保護自己口口聲聲熱愛的文化傳承。因為，保存文物不是表達熱烈民族情感就算了，更涉及政府預算、民眾共識、產業發展、技術研發等各類機制到位。文明古國通常有太多人口，背負太長歷史，往往照顧活人都來不及，很少想到去照料死人的東西。

對過去的漠然，源於生的痛苦，也來自政治的善變。每回新政府成立，營造不同意識形態，因而改變對過去的詮釋，跟著忽略了文物保護的迫切性。

社會需要的是一種超脫政權見解的歷史文化觀。釐清文明的脈絡不是為了要排除異己，而是為了穿透歷史迷霧，認識人的價值。西方人是對的：只要是文明產物，都是全人類的共同資產。

看著希臘執耳壺或蘇東坡字畫，我們看見的是美，是文明，是歷史，更是一個人類所能創造出來的價值。從一件璀璨不朽的文物看見一個人類以及人類作為一個物種的創造潛力，這如何叫人不因生命所蘊藏的爆發力而感到窒息呢。

胖瘦無關乎身材

一向崇尚「排骨酥」的高級時裝界醞釀加大尺寸，爭取「肥潤」客源。

長期以來，流行時尚界一方面鼓勵女性愛自己，一方面卻又透過各種廣告訊息、媒體宣導，不斷告訴她們，妳其實一點也不完美，因為妳太矮、太胖、太老，皮膚粗似砂紙，小腿短若蓮藕，難怪妳不幸福。看看那些選對洗髮精、穿對鞋子及乳房罩杯正確的女人，她們多麼快樂洋溢，因為她們「值得」。

伸展台上的女模特兒個個不滿二十歲，身高如竹，手細腿細，乳房緊實，沒有肚腹及下垂臀部，只有比例勻稱的美腿。這些少女模特兒身上穿的衣服要賣給那些已過了青春期、面對人生困境的成年女性。

奇怪的是，那些成年女性並不認為這個主意很荒謬。就像遭花衣魔笛手集體催眠了，她們很認真地認為自己應該努力塞進那些窄腰低胸緊褲管，踩著會讓她們老年腳板變形的高跟鞋，買那些價格足夠幫偏遠小學全校學生買鉛筆的高級美容品，所以她們能不管年紀、一天二十四小時都看起來像那些十九歲雜誌模特兒，而為了呈現那副雜誌形象，即使是十九歲模特兒也要花六小時梳妝擺姿勢，只為了攝影師按快門的剎那完美。

而少女模特兒雖然年輕美麗，畢竟不夠完美。為了符合「專業」要求，女孩們還來不及發育便停止進食。二〇〇六年二十一歲巴西模特兒長期激烈減肥，引發腎衰竭，身高一七四公分的她死時不足四十公斤，另一名烏拉圭模特兒也因厭食而心臟衰竭，隔年十八歲美國模特兒死於相同原因。

於是，西班牙服裝節堅持不用骨感模特兒，義大利、法國想要藉立法阻止年輕女孩厭食。*Glamour*雜誌去年夏天用了一名肥胖金髮女子當封面，堪稱時尚界創舉，法版《她》（*ELLE*）雜誌四月專題拍攝「大尺寸女孩」，執時尚牛耳的中年時裝設計師馬可．雅克（Marc Jacobs）夏天宣布未來可能增加號碼尺度，以開發胖顧客市場。

然而，香奈兒首席設計師、人稱「時尚大帝」的卡爾．拉格斐（Karl Lagerfeld）一聽見德國服裝雜誌要啟用素人胖模，馬上刻薄挖苦：「只有帶包洋芋片坐在電視前的肥婆才會覺得瘦模特兒很醜。」英國設計師朱利安．麥當那（Julien MacDonald）公開表示如果英國名模選拔秀讓一個胖模特兒贏了，那將是「笑話」。

其實，胖瘦標準豈單由時尚界掌控。撇開藝術追求，時尚畢竟是一門生意，客源在哪，就得追逐而去。人類對美固然有難以描述的主觀喜好，例如一尊二千年前的維納斯雕像早已失去了雙臂，依然穿過浩瀚時空，輕易說服了後代人那是美的化身，然而，胖瘦並非只關於審美眼光，更關乎社會貧富現實。現代社會之所以鼓勵瘦，因為苗條身材反映了財富。

以前農業社會（及現今印度）喜歡圓潤體態，因為此種女性形象代表了富貴多子，三餐飽足，無需勞動，容易受孕，正所謂「富態」、「福相」；相對，瘦小的女性則象徵了貧窮，飢餓，勞累幹活，一副不易受孕的「薄命」相。但是到了工商業年代，食物量產技術發達，吃飯已不成問題，人類愈來愈高頭大馬，卻群聚都市，不必下田種地，於是「吃得飽」更要「吃得好」，兩種不同食物系統便養出兩種不同人種。

今日，胖子是窮人，瘦子是富人。勞工階級依然停留在只求溫飽階段，擷取大量便宜食物，如冷凍食品、速食、澱粉製品，淨長虛肉；而有錢階級則要求吃得精，填飽肚子不是重點（甚至時不時還要禁食排毒以淨化身體），講究有機，口感品味替代充飢本能，長肌肉而不是脂肪。

鍛鍊身體更是一種有閒階級的象徵。勞動不是運動。窮人整天工作，肢體疲憊而不是舒展，隨便吃點營養成分早已破壞殆盡的微波爐晚餐，「帶包洋芋片坐在電視機前」成了最大消遣。而富人有閒，出門旅遊，鄉村度假，打高爾夫球，定期上網球課，專人指導瑜伽，豪宅內裝私家健身房與後院游泳池。

打造身體成為現代有錢人的特有執念。延長壽命，也要保持青春。房子買不完，骨董收不盡，錢財乃身外物，擁有年輕、美麗而健康的身體才是股市買不來的終極財富。

飲食養生，堅持鍛鍊，外加美容、藥物、開刀等種種醫學手段，愈花時間金錢，愈顯示富人的富裕。「只有懶女人，沒有醜女人」，其實應該是「只有窮女人，沒有醜女人」。拉格斐鄙夷的不是不花時間精力運動的肥婆，而是「花不起」時間精力運動的窮妞。而那些願意花無數資源追求「時尚美」的女性也不只為了「寵愛自己」，同時為了社會認可。因為，當今社會裡，潛而未顯的社會默契是：「瘦而美」即「富且貴」。要看起來像雜誌模特兒，因為要得到社會尊重。

胖瘦時尚不只是服裝美學，也是社會經濟學。如果有天醫學發現脂肪有助長壽，而所有富人開始拚命增胖，拉格斐發現他的高端客戶因此增碼至十四號時，我們的「時尚大帝」就會說「只有勞碌命的瘦皮猴才會覺得肥胖是一種病態」。

資產階級拘謹的時尚魅力

日本設計師山本耀司夢想設計出能讓人穿一輩子的大衣。尚未機械量產之前，針線手工，成本昂貴，一般人添購大衣乃人生大事。一件大衣，就算沒穿進墳墓，起碼也得捱過數十寒冬，手頭拮据還能當作資產進當鋪，因此質料要耐，式樣經典，線頭得縫得又緊又牢。

在金融海嘯席捲全球之後，山本耀司成為第一個傳出破產的服裝品牌。可憐的山本耀司。時尚從來無關實用。說是生活美學，說是文化品味，但，骨子裡始終是一套社會階級的金錢遊戲。

不光質料、樣式，就連顏色，種種時尚細節承載了展示財富地位的社會功能。譬如紫色，之所以號稱貴族顏色，並不出自皇帝規定，無非因為紫色很難調配，必須花費大量顏料。因為難得，所以高貴；因此過去唯有貴族才有財力購買染了紫蘿蘭色的布料。

時尚需要金錢。法國瑪麗王后號稱時尚王后，十四歲嫁入法國皇室，天天從巴黎訂購時裝珠寶，自行設計高腰款式，發明了高聳入雲有如歌德高塔的髮式，每天結上巴黎裁縫送進凡爾賽宮的不同緞帶，間綴七彩寶石，顏色從不重複。她喜愛的服裝總是流行，她看上的家具馬上熱賣，她挑選的歌劇必定轟動。她雖是法國王后，卻債台高築，因為即使對一位王后而言，時尚的代價也從不便宜。

巴黎媒體每天油印報刊，譏諷她愛慕時尚，不顧民間疾苦。對當時民眾來說，最不能忍受的就是他們連麵包都沒有了，王后還捲入一條造價連城的鑽石項鍊醜聞。為了社會觀感，瑪麗王后在定期發布的皇室畫像裡刻意裸頸肩，手指光禿禿，見不到珠鏈或指環，但她的優雅造型依舊引起公憤。許多史家因之宣稱瑪麗王后就是這麼一路時髦考究、充滿風格地走向斷頭台。

時尚，徹底無用卻很花錢，遠遠比不上一條麵包來得實用，因此是虛榮的兄弟，浮誇的同義詞，撒旦的誘惑；瑪麗王后的劊子手。

然而，正是時尚的敗家性格讓之成為新世紀資產階級的金錢代言人。封建制度跟著瑪麗王后上了法國大革命的斷頭台，時尚卻活了下來，成為新興都市資產階級文化的重要特色之一。

有點閒錢，才能玩時尚；想要暗示自己有點閒錢的人於是玩點時尚，展現新近獲得的經濟實力與社會地位。時尚與封建解體之後的新富乍貴，幾世紀下來，彼此相知相惜，促進時尚工業的近代發展，也鞏固了資產階級的社會特徵。

每個自覺剛剛掙脫貧窮的人類都會先買上一套像樣的衣服。人要衣裝，佛要金裝。城市路上，人群個個無名，不能二十四小時都把家裡的黃金馬桶、地產契約或有價證券帶著走，但如何一走進餐廳就得到侍者另眼對待，一去機場就得到免費機艙升等，如何無需言語就讓街頭陌生人一眼認出自己的新尊貴身分，油然生敬，主動讓路，唯一方法就是像孔雀炫耀羽毛般展現身上的昂貴時尚。

看看我的皮鞋，我的衣著，我的手表，我的汽車。看哪，一條細節都別遺漏。時尚工業把品牌愈做愈大。有時，婦人挽著手袋，上面縫著的logo比她整張臉還大。在此，品牌辨識度即是財富辨識度。我要你知道，我很有錢，因為我買得起這個牌子。時尚再勢利眼不過，總在努力區別人與人之間的社經距離。

時尚工業從全球化運動獲利極深。以往只能服務特定社會的少數有錢人，隨著資本腳步擴張，橫跨邊界，從他處得到廉價勞工與便宜原料，同時追求世上每個社會的有錢族群。一夜之間，時尚獲得中世紀威尼斯鞋匠無從想像的市場規模，賺取古代巴黎裁縫不敢夢想的利潤數字。然而，過程中，時尚卻也變得不太值錢。

當一個品牌決定全球化時，便不可能是頂級奢華的化身，因為這意味著它勢必要量產，放棄少數，面向大眾。

全球化品牌價格仍高，目標消費群卻打高走低，離真正有錢人愈來愈遠。法國名牌路易威登（Louis Vuitton）前幾年傳出擔憂品牌地位，因為太受歡迎，大街小巷均見路易威登，減少希罕身價；而義大利高級服裝PRADA也長年困於祕書品牌的綽號，因為每家公司祕書都愛，拚命存錢買了他們的產品，帶著搭地鐵去上班。

在全球流動化年代，時尚成為一門身分偽裝術，讓人表達身分，也讓人假借身分。陌生人交會的一剎那，透過衣著打扮、珠寶亮度及代步工具，快速留下粗略印象；沒錢裝有錢，有錢裝沒錢，時尚有能力誤導認知。

而對貧民孩子來說，對抗整個世界的武器卻也是時尚。為了省錢才不得不買了尺寸過大的減價運動衣，他們配上運動鞋和破了洞的牛仔褲，打造一套新時尚邏輯：酷，才是宇宙硬道理，有錢也買不到。這是他們真正的無形財富。

時尚雜誌總編安娜．溫圖（Anna Wintour）在紀錄片《時尚惡魔的聖經》（*The September Issue*）說，一般人討厭時尚，其實出自害怕。因為人都怕自己不夠酷。

但，我以為，對時尚感到迷惑的人應是因為對自我身分和所應占據的社會位置還不確定；至少，還不知道該如何讓世界以自己舒服的方式認識那個自己認同的自己。

在財富流動、階級混淆的今日，時尚，最終關乎自我的認知。

歷史新奢華

歷史悠久的法國名牌路易威登最近推出一系列廣告。其中，蘇聯瓦解前的最後一任總統戈巴契夫坐在一輛車的後座，身旁擱著一個路易威登旅行袋，車子正緩緩駛過柏林圍牆。據說，把柏林圍牆當背景是戈巴契夫自己提議的主意。他畢生最得意的成就即拆毀了柏林圍牆，結束了二十世紀的冷戰。

而今，我們來到二十一世紀，所有巨大的意識形態堡壘不復存在，歷史似乎終結，戈巴契夫終於也跟法國女星凱瑟琳·丹妮芙一樣，出現在流行精品廣告裡，拿整個時代意義當作一組容許販賣的文化符號。

奢侈品跟資本主義的民主精神其實有著愛恨糾纏的關係。資本主義所倡導的民主自由，蘊涵了機會均等的精神，意即「你也可以」；所以，當柏林圍牆傾圮的那一刻，夾帶資本主義的威力，奢侈品名牌橫掃全球，所有人爭相購買。不分國籍階級性別出身，奢侈品已不再是特定人士才能享受的，只要有錢，誰不能擁有自己的路易威登旅行箱、勞力士手表及香奈兒套裝。

然而，奢侈品之所以標價高，靠的是奇貨可居的神氣，講究的是稀世珍品的魅力，也就是說並不是誰都能擁有，而該是一種特權。擁有者理應要沾沾自喜，藉由奢侈品而炫耀自己獨特的生命風格。當隨便一個張三李四，稍微有錢都能買到路易威登，甚至，薪資微薄的公司職員只要願意省吃儉用也能輕易換來一個勞力士表時，本該稀奇的奢侈品就變成一點兒都不稀奇。

這就是全球名牌目前面臨的困境。它們因資本主義而發達，卻也因為資本主義而廉價。唯一的出路，就是將自己昇華成一個道德先鋒，提倡先進社會概念像是政治改革或環保意識，或成為一個文化象徵，嵌進歷史傳說之中。

如同希臘神話之中的巴特農神殿。雅典的巴特農神殿每年都能接收幾百萬的遊客，再粗俗不堪的觀光客都能來瞻仰巴特農神殿，可是，訪客的數量與品質卻無損於巴特農神殿早已輝煌千年的神話光彩。當你是一座神殿時，香客不怕更多，只會愈多愈好。所以，路易威登已經不想當你的旅行箱，而是你的文明傳統。買一個袋子，不再為了流行，更像是朝聖。拿著新購的袋子，不要想著你自己看起來有多美，要想到戈巴契夫和柏林圍牆，要為你自己的旅行箱所承載的歷史重量感到肅然起敬。

《鐵達尼號》電影女星凱特．溫絲蕾不屑地說，花兩千歐元買一個名牌包，她寧願把錢花在孩子的教育上。英國《衛報》專欄作家佐依．威蓮絲（Zoe Williams）則撰文反駁，買不買名牌包畢竟是個人選擇，而且你本應付錢購買那些工匠的手藝，但教育應該低廉而平等，當有些富人願意且能夠付高額教育費，把教育變成一項資源不均等的遊戲，反而更令人憂心。如同，理論上每個人都該吃有機食品，但，實情是目前有機食品因成本昂貴而售價偏高，而麥當勞漢堡之類被斥為次等的便宜食物卻有效餵飽很多窮人，因此，一個健康而有良心的生活方式在當今社會極其詭異地成為一種新的階級特權，像是吃蛋不吃蛋黃、拒吃一頭能夠餵飽很多人類的豬而選擇需要大量攝取的魚蝦肉、不要人工養育的肉雞而挑量少質精的放山雞等。

奢侈品，不過用來服務現代人那顆自戀的心。奢侈品工業再怎樣想要製造神話感，畢竟還是一種商品推銷術。但是，新奢華主義卻在製造一種新的道德神話，彷彿能夠採取某種生活方式的人才是道德正確的好人，因為經濟能力不足而暫時辦不到的人卻如同在道德上或智識上犯了罪。

奢華，一直是個人能力與品味的抉擇，無所謂道德判斷。懂得吃有機食品不見得表示你就自動道德神聖，就像拿了一個環保名牌包不會令你的人性更美好。沾或不沾奢侈品，大家各自哀矜勿喜吧。

饗宴感流失的美食時代

繼私人會所「中國會」之後，鄧永鏘爵士最近又新開了間餐廳「港島廳」。緊鄰福斯特爵士設計的滙豐銀行，裝潢典型上海三〇年代，處處可見鄧氏風格，免採會員制，雅俗共賞。打開菜單，幾落廣式點心，更書滿不同魚翅做法以及各式燕窩口味，供君選擇。

環顧四周，不過尋常週三中午，坐滿午休覓食的專業白領，夾著幾位相約喝茶的闊師奶，點綴一兩桌北方生意人。侍者端出一盅盅價錢不菲的魚翅燕窩，一張張嘴滋滋有味喝著。

燕窩跟著蝦餃上了午餐菜單。我今天想喝魚翅湯，不為什麼，就是想。喔，那就午休去吧，隔壁「港島廳」就有。

第一次去北京吃烤鴨時，道地北京朋友坐旁邊，一面吃一面念烤鴨不能這麼吃，他們小時候要過年才有得吃，因為烤鴨是道「大菜」，怎能毫無名堂賤吃。二十一世紀人類早已習慣工業化量產，餐桌上的鴨子根本不算活生生的動物，而是工廠機械製造的「食品」。食材不再分季節，全年通吃，某些烹調複雜的菜餚也不必等到特殊節慶才隆重上桌。我們活在一個天天烘蛋糕的世界裡，冬天舔草莓，夏天啃蘋果，住在內陸煮活蝦，臨海而居烤牛排，一些食材難得、做法繁瑣的珍餚如同像迪士尼樂園的煙火秀，每晚都能享用。

盛宴日日有，美食處處見，饗宴感卻奇特地一點點流失。

再沒有人見了烏魚子會鼓掌，聽見栗子蛋糕就流口水，聞到龍蝦湯香氣便通體暖和，受到邀請上餐廳，必梳洗刷髮，披上最好外衣，噴香水點絳唇，挑雙好鞋慎重赴約，用餐時微笑細語，注重禮節，筷子不反插飯碗，有人酙茶會用手指敲桌面兩下致謝。吃飯是一整套文明儀式。人類常常覺得自己高居萬物之靈，因為我們穿衣服、蓋房子、寫歌劇、造火箭，更因為我們有一套完全迥異於其他動物的吃飯方式。

我們不為吃而吃，因為我們為吃而吃；不再吃飯消餓，而把吃飯當作一項自覺從事的活動，就似上影院看電影、騎單車健身、去土耳其旅行，既有益身心又充實人生，且當作文化功課增進知識。

美食當道，人人爭作達人。美食，與服裝、旅遊，已是稍微有點自恃的現代人必修的三門學問。這類事情就跟星座一樣，社交談話中，人們總會流露「你不懂那就太遺憾了」的表情。

但《法國美食末日危機》（*Au Revoir to All That: Food, Wine and the End of France*）作者邁克．史坦伯格（Michael Steinberger）卻借法國美食的沒落，指出如今不光是財富M型化，連美食也是。奢華飲食愈發刁鑽花稍，食材琳琅，名目百怪，價格比湯頭更叫人咋舌，裝潢比菜色更令人垂涎。代表頂級美食的米其林三星指南不再是旅人的路途良伴，而是僵化貴族飲食的象徵。

美食原是最老少咸宜的人生至樂，隨手可得，且一日三次，永不厭倦，而今美食成為流行顯學之後，固然豐富了人們的感官經驗，增廣人們對世界的理解，有時卻也像「港島廳」的餐牌，動不動女皇上身，場面隆重，吃頓飯也能很累人。

M型飲食的另一端則是只求填飽的廉價速食。即使骨氣最硬的法國人也開始大嚼麥當勞漢堡。法國已是麥當勞企業在美國本土之外的最大海外市場，金融危機發生，餐飲進入冬季，唯有麥當勞一枝寒梅獨秀，投資一百億美元，全歐加開兩百四十家麥當勞漢堡，以及四百家新麥當勞咖啡館。

盡可推罪觀光客無知，千里迢迢去了巴黎仍只認金黃大拱門，不願花錢品嘗法國美食，然而，如邁克·史坦伯格所說，即使是最愛花時間吃飯的法國人也必須面對工商時代生活的極速節奏，再不能吃三小時午飯，前菜、主菜、甜點之後來杯咖啡，抽根菸、調個情，才舒緩起身繼續悠閒下午。

但，無論在M型這頭或那頭，食物都對人們的身心有無上影響。一頓美味的飯能滿足一個人的腸胃，也會改變他的人生哲學。改編自丹麥女作家艾莎克·迪森（Isak Dinesen）作品的丹麥名片《芭比的盛宴》（*Babette's Feast*），即精準描述了美食在人們生活的地位其實有如神賜的恩典。在丹麥一處偏僻村落，一對虔誠姊妹花與村民一同遵守她們先父所創教派的宗教戒律，嚴謹度日，村民卻彼此嫌隙怨恨，無人祥和。一日深夜，從一八七〇年革命巴黎逃出來的陌生女子出現門前，立刻獲得她們毫不保留的收容，從此留下來當廚娘。十多年之後，廚娘中獎。廚娘決定用全部彩金來準備一頓真正法國大餐，海龜鮮湯、魚子醬餅、鵪鶉盒子，醇酒一落胃，原本不相信感官享受的村民當下忘了他們相約絕不評論的誓言，眼神柔化，笑紋蕩漾，承認錯誤，互相原諒，當他們酒足飯飽踏著清冷月光回家時，無人不覺幸福。

的確，美食帶來幸福感，如同受到上帝憐愛。我們何其幸運活在一個美食時代，只要上街掏出信用卡，就能吃到一頓芭比的盛宴，立刻取得幸福感。然而，為了人類的芭比盛宴，大量沙魚遭漁人砍去魚翅，失去方向感，滑落海底，流血不止，無助等死，以增色香港中環「港島廳」的餐牌。

思及此，我的饗宴感便不免逐漸疲憊中。

銜金湯匙未免太沉重？

美國嬌生企業創辦人曾孫女凱西・強生（Casey Johnson）突傳暴斃，享年三十歲。死時身邊一個人都沒有。

死前沒幾個月，一向行事高調的女繼承人凱西才剛遭警方逮捕，暫時交保放人，原因涉嫌夥同同性戀人闖入英國女星友人家中，使用她的床鋪做愛，挑釁地留下用過的電動按摩棒，順道帶走珠寶與高級衣物。與凱西一起闖空門的同性戀人賽梅爾（Semel）是搜尋引擎公司雅虎創辦人兼前執行長的女兒，也是企業後代，事後卻無法忍受凱西滿不在乎地穿著偷來的蕾絲內褲躺在床上吃東西的輕率行為，因而打電話給英國女星，告發了凱西的乖張事蹟。

但，這並不是這名天之驕女第一次搏上版面。二〇〇六年秋天她登上《浮華世界》雜誌自爆家醜，指控她五十六歲的姑母勾引她三十八歲的男友，評論「一個身懷鉅富的老女人可是一帖至猛春藥」。

凱西．強生與她的至交好友芭莉絲．希爾頓（Paris Hilton）——後者早已是浪蕩富家女的金牌代表——成年之後就專與狗仔隊打交道。兩人均名門後代，青春貌美，卻明擺著胸無大志，萬事無厘頭，熱中名流生活，追逐也領導時尚，憑藉優渥家產，過著五光十色的揮霍日子。彷彿因為無憂無慮是一種生活缺憾，她們把生命軌道當賽車駛，愈危險失控，愈刺激有色，愈讓她們咯咯大笑。

芭莉絲．希爾頓因而長年榮登網路搜索熱門字榜，醜事緋聞輪番上陣，甘願做市井小民閒嗑牙的八卦材料。性愛錄影帶外流，她根本懶得阻止，順勢炒大名氣，推出自家香水牌子，在酒駕保釋期間照開車不誤，終於搞到必須入監服刑。她進去五天，據說每晚哭泣，終究搞個醫療名義，改帶腳鐐居家軟禁。一出來，她第一件事是美容，第二件事是上CNN電視的賴利金現場秀。

當呱呱墜地就被迫汲汲營生的平凡人苦苦追求如何提高社會優勢，她們卻著迷了似地苦苦追求如何「浪擲」與生俱來的社會優勢。

其實，強生家族中，對財富感到困惑的人不只凱西，還有族譜關係裡算是她叔叔的傑米．強生（Jamie Johnson）。傑米因為對出身富貴這件事覺得迷惑又有趣，因而拍攝了一套紀錄片《生來富貴》（*Born Rich*），邀請十一個跟他一樣是巨賈名門之後的周遭朋友，入鏡自剖出身豪門的感受。

片中，傑米問自己父親，既然他們是有錢人，為何家中避諱談錢，也是銜金湯匙出生的父親低調回答，因為談錢很不禮貌。當他請教父親他該做些什麼，正在專注繪畫的有錢父親並沒有回頭看一眼兒子，隨口建議「收藏」。做兒子的傑米揚起眉頭問，「作為專業？」做父親的稱「是」，繼續作畫。

他的一名貴族後裔朋友則表情複雜地抱怨，作為豪門後代最困難的地方在於無法交代自己究竟靠何營生。初次見面，別人說自己是木匠、廣告人還是高中教師，他無法一副順理成章、態度自然地介紹自己其實什麼都不做，只不過是個有錢人。

只不過是個有錢人。

凱西．強生生前接受電視採訪時說，她總想知道別人跟她交朋友的真正原因，因為「我是凱西．強生，不是嬌生企業的凱西。」而，《生來富貴》刪掉的鏡頭裡，傑米．強生的朋友路克．威爾（Luke Weil）嘲諷人們跟他共進午餐的唯一原因是因為他們知道他會買單。身為世界最大博弈系統Autotote的繼承人路克刻薄地評論，跟他共進午餐的那個人儼然是他買來的「奴僕」。在沒有剪掉的鏡頭裡，他直接表示，哪個女人若不肯簽婚前協議書，想嫁他門兒都沒有。

這或許就是有錢人家孩子的「困境」。不似一般人一輩子只有一兩項可憐的選擇，要能做成一兩件事就已經算是了不起了，他們能做任何選擇，成就任何事，變成任何人，跟任何人在一起，到最後，他們卻活得最不肯定。是否，缺乏了跌倒的血味或辛苦的汗水，事情來得太輕易，竟帶著不真實的夢幻感，再大的成就感也嘗來有點淡味，就連世人最寶貴的愛情均入不到骨子裡去。

因為世人看見的只是錢，從小就在優渥錢堆長大的他們也很敏感地測知到那一張張笑臉的真正意圖。他們對人情的憤世嫉俗似乎也變得可以理解。

富不過三代。這些富豪後代幸運一出生就榮華富貴，卻也立刻受了世人酸葡萄的詛咒。不似他們白手起家的祖先，不但為自己及家族賺取巨大財富，更展現了過人才智與出眾品格，贏得全世界的尊敬。無需努力，不用才華，後代一出生便備受尊榮，卻也最不能、最沒有機會，也因為最不需要證明自己值得這一切，只能慢慢看著傲人財富令自己奄奄一息，淹沒在世人充滿諂媚、羨慕、嫉妒又苛求的目光裡。自古至今，「布登勃洛克家族」的故事不斷在各地上演著。

美國股神巴菲特表明了不願遺留財產給子孫，另一名同樣當了多年美國首富的比爾．蓋茲也表示，留給孩子太多金錢是一種罪惡。不相信金錢會窒息生命的窮人還是會說，那是因為不是留給「我」。如果是「我」，絕不會白白浪費這麼美好的財富人生。

演算法式愛情習題

《阿凡達》（*Avatar*）3D電影的視覺震撼，儼然揭示又一電影新紀元的來臨。每拍部電影就是十年、永遠不惜成本、不顧片場老闆臉色的美國導演詹姆士・卡麥隆再次證明了他的電影野心也能轉換成票房成績。

相對於好萊塢電影，不吝使用科技、不怕脫離現實，剛剛過世的法國新浪潮電影大師侯麥恰好站在電影製作的天平另一端。侯麥一輩子拍了五十多部電影，全數成本加起來大概也比不上半部《阿凡達》。他謹守新浪潮電影鐵律，認為拍一部電影應該像寫一本小說，即便單人都能獨力完成。

他的電影全是定點定景，預算便宜，充滿自己動手做的風味。製作精簡到幾乎算是簡陋，侯麥卻也享受到卡麥隆式的票房風光，他那著名的「六個道德故事」當年上映時，戲院前大排長龍，其中《慕德之夜》（*Ma nuit chez Maud*）獲得奧斯卡最佳外語片，《克萊兒之膝》、《綠光》均叫座又叫好。

侯麥的角色們是影史上最囉嗦又最麻煩的一群法國人，自戀，猶疑，舉棋不定，有時虛偽，有時脆弱，最重要的特點卻是均喋喋不休。他們永遠在說話，說話，說話，然後說更多的話。在此，侯麥又與好萊塢電影尖銳對立起來。好萊塢電影總是願意提供豐沛的戲劇性與流暢的動作感，相較之下，侯麥的電影毫無情節可言。他的晚年作品《花都無間》（*Triple Agent*）裡，原本應該危險刺激的間諜遊戲全讓角色用嘴皮子就說完了。

侯麥這個電影導演其實更像一個昆蟲學家。他既帶有科學家的冷淡，又具學者對研究對象的那種興趣盎然，把鏡頭單單對準人類，鉅細靡遺地展現我們那看似忙碌實則可憐兮兮的愛情生活。

他的電影因此沾有紀錄片的氣質。在這些「愛情紀錄片」裡，人們雖然藉著多量語言掩飾動機，保持行動平常，但因為句子從他們嘴裡跳出來的方式、聲調與無意洩漏的眼神，一股細緻戲劇感悄悄流漫，生動展露了人們對愛情的複雜情緒與完全的無能為力。侯麥曾說，他的電影是「一個個故事，不僅描述人們做了些什麼，還有他們做這些事時都想了些什麼」。

是侯麥的電影讓我理解法國人為何能打造噴射機，發展核能技術，還能設計程式計算股市動態。因為，片中每一個個看似衝動的愛情決定，背後都經過一遍又一遍的分析，一道又一道的精算。法國人其實不如外人想像的浪漫濫情，對演算愛情習題有股超乎尋常的固執，因為「談」戀愛也可說是丈量世界的一種方法。

侯麥期待他的影像如同一杯清涼且醒腦的冷水。面對花花萬象，電影手法日異月新，然而，就像喝慣了各式珍飲，有時，一杯平淡的白開水卻最能解渴。即使今日男歡女愛看似已無任何禁忌或章法，關於愛情，侯麥的電影仍閃耀著數學方程式般的真理光芒。

資／訊

人人看新聞不讀新聞的年代

壹傳媒推出蘋果動新聞，動畫模擬新聞現場，腥羶暴力穿透視網膜直逼大腦，再度挑戰眾人神經底線。

社會能承受多少屍體與裸體，答案可能會令你驚訝。

現今世上，人人都愛「看」新聞，而不再「讀」新聞。若暫時不論道德，動新聞的出現，不僅關乎單家傳媒的新聞風格，仍跟媒體搏收視率有關，跟廣告業績有關；其實，根本跟媒體產業的未來發展有關。媒體還能怎麼走下去，新聞還能如何呈現，也許該更大膽問，究竟還需不需要專業新聞媒體。

網路出現後，新聞媒體面臨空前挑戰。網路瓦解了主流媒體對新聞的壟斷與操控，不但新聞詮釋權交付閱聽人手中，更讓市民也當記者，報導自己的新聞。

依賴文字的平面媒體早已兵敗如山倒。需要養最多人、印刷成本最高的報紙紛現財務危機，美國論壇報集團申請破產保護，紐約時報出售股權，華盛頓郵報宣布關閉一堆駐外單位，地方性報紙幾乎死光，全國性報紙則不斷併購、變賣資產、大幅裁員以求短暫自保。香港的黎智英與澳洲的梅鐸（Rupert Murdoch）都是媒體奇人，全球媒體一片不景氣，唯有他們的傳媒集團一枝獨秀，其共通點便是旗下媒體專爆名人八卦，追求聳動標題。即使如此，梅鐸日前仍公開聲討網路搜尋引擎如Google，批其為新聞盜竊者，不付一毛錢便把他們辛苦生產的新聞免費放上網路。

這就是新聞媒體的最大困境，閱聽大眾不再付費，資訊成為一種免費產品，每個人都期待一個滑鼠按鍵的免錢動作就能知曉天下事。

以往，新聞媒體算是一種大型「公共機構」（Institution），負責生產並管理訊息，就像學校老師代表了知識的傳播者與守門員，記者與編輯原本是新聞的傳播者與守門員，當閱聽人對一件事感到好奇，他倚賴媒體的記者與編輯為他追逐來源、整理資訊，甚至觀點分析；他信任媒體，就像他信任小學教師一樣。然而，就像我們長大之後，有機會聽聞其他說法，往往發現老師並不一定是對的，網路雖然也是媒體，卻更像是校門外的花花世界，那間更大的學校，資訊宛如野花自由生長，呼吸新鮮資訊的大眾得以自我教育，自行學習判斷。你我之間也能直接交換資訊，根本無需任何機構的經手或認可。

但是，網路卻不是唯一令專業媒體垂死掙扎的致命殺手。其實在電視新聞開始流行SNG現場直播時，新聞媒體就只剩下「目擊證人」這點功能了。

今日的新聞世界，畫面是一切。

年過四十的人類可能不明白社會如何走到這一步。然而，對一個出生時已經有手機、網路與電玩的孩子來說，透過畫面來認識世界卻自然不過。對他們來說，即使是音樂也該配上畫面作成音樂錄影帶，所以他們能「看」音樂。

在這裡，看見的已不是傳統媒體與新媒體的對決，更是一個人類敘述文化的斷代。我們的年代變成一個個畫面，文字成了提示卡，點綴其中。周遭逐漸剩下語言，不再有語文。語言重溝通，語文重表達。溝通，只要彼此懂得意思即可，就像一個不懂中文的老外進了上海飯館，靠著簡單字彙和按圖索驥的菜單，也能跟服務生溝通，點他想吃的素菜蒸餃，但如果他想要表達他對素菜蒸餃的思考，他就必須組合單字，織出完整文本。

昔日人們總是以為文字才能生產思想，但是，習慣畫面、少用語文的新生代可能會說，影像也能製造學說，只要你懂得使用影像思考，用畫面敘說，震撼不會少於文字力量。

蘋果動新聞不過洞悉了現代人想要「看見」的欲望，滿足他們喜歡「看見」的習慣。

法國人類學大師李維史陀（Claude Lévi-Strauss）過世的那週，人人感傷大師的消失代表了一個舊世紀的結束。的確，在這個年代，已不可能出現傳統定義的大師，除非他懂得用攝錄機，還要下對一個驚人標題，網民才會點閱他的思想。

與魔鬼作交易

跨國媒體大亨梅鐸買了歷史悠久的美國《華爾街日報》（*The Wall Street Journal*）。梅鐸秉守經典資本主義精神，以遠超市價的誘人高價，令擁有主控股權的班克洛夫家族（Bancroft）很難拒絕。此次交易在美國，被喻為有如《哈利波特》書裡的佛地魔要買霍格華茲魔法學校。

這項收購案支持者認為《華爾街日報》近幾年岌岌可危，與其去期待一個遙不可及的白馬王子出現，投資且不干涉編輯獨立性，還不如趕緊賣個好價格給梅鐸。因為，華爾街日報雖以新聞品質為傲，卻唯有依賴梅鐸帝國的多媒體發行平台才能多角化經營。你能指控佛地魔邪惡，卻不能不否認他的法力的確無遠弗屆。

梅鐸的魔法就在他的「黃色新聞」（yellow journalism），即以誇大口氣集中報導煽動性高的新聞，尤以醜聞、災難、聳動社會事件為焦點。黃色新聞與媒體工作者之間微妙的利害關係，可舉一九五一年比利・懷德（Billy Wilder）編導的片子《洞裡乾坤》（*Ace in the Hole*）為例，寇克・道格拉斯（Kirk Douglas）所飾演的記者發現一名男子深陷山崩石塊之中，看中這條新聞的含金量，他有意地延遲救助行動，以取得獨家報導。他的報導果真引起轟動，那個受困的人最後卻死了。梅鐸為了衝賣量，同樣地，什麼都願意做，他的英國《太陽報》（*The Sun*）「第三版」（Page 3）天天刊登女人的豔乳，福斯新聞頻道不惜販賣極端主義以招徠收視率，旗下出版社甚至準備出版足球明星辛普森弒妻自白書，直到美國社會激烈反彈才住手。

靠著黃色新聞的魔法，在鼓勵流動、市場開放的全球化時代，梅鐸媒體帝國橫掃五大洲，涵蓋報紙、雜誌、電視、網路各種傳媒載體，包括亞洲的星空衛視、澳洲的澳洲人報、英國的泰晤士報、太陽報與天空電視台和美國的福斯電視台，堪稱全球媒體產業的巨無霸。梅鐸做一個跨國界的媒體經營者，其角色的確需要討論。

最大的質疑在於，一個人的權力是否該這麼無限擴大。答案應是不能。今天，梅鐸也許不該取得華爾街日報的原因並非這是樁違法交易，或因他販賣法西斯觀點、猛推腥羶八卦，而是他作為一個人類個體所擁有的權力實在大得可怕。就算美國總統都有國會與憲法在其背後監管，梅鐸的權力橫跨全世界，卻沒有一個國會或參議院能與他滔滔雄辯人類的社會責任。

媒體畢竟不是賣罐頭或做成衣等中性製造業。媒體是一門關於思想的行業，當過多媒體落入同一隻手中，管它是政府、企業、機構或個人，對社會（或世界）來說都是非常危險的一件事。媒體的工作應是醒腦，而不是洗腦。當一個人或單位擁有如此多的媒體，就算他非常自覺，他那免不了要彼此整合於同一套生意經的龐大事業體還是很難跳脫於壟斷、主導、販賣同種思想及同樣資訊的陷阱——或說，誘惑。

與班克洛夫家族這類雖擁有股份但不參與營運的美國家族不同，梅鐸不但親上火線，也將自己的妻兒放進上市公司的管理架構裡。梅鐸支持美國布希總統與伊拉克戰爭，就讓他的福斯新聞頻道瘋狂攻擊意見相左者；布萊爾當英國首相時，時時與他熱線討論伊拉克戰爭事宜；最後一位英國港督彭定康原定於梅鐸旗下一家出版社發行回憶錄，卻因想進中國市場的梅鐸擔心將得罪北京政府而被迫取消。梅鐸從不畏懼使用他的媒體雄力，以至於楊紫瓊主演的那部英國007電影《明日帝國》要用他來作劇中梟雄的原型。

一味迎合市場的結果往往產生品味粗俗的產品，有時也讓梅鐸拿出如《辛普森家族》卡通這類叫好又叫座的作品。但是，對美國及這個世界而言，梅鐸的品味不是問題，而是他代表了全球媒體界的托拉斯。二十一世紀接收了二十世紀末的全球化運動，同時承受了恐怖主義的副作用，回頭去追溯所有不平等權力誕生的根源，恐怕還是我們思考下步行動的關鍵。

有時候，一樁交易不僅是一樁交易而已。

數位無冕王

韓寒看似另一個芙蓉姐姐，實則不然。

美國年輕人吸收政治新聞的方式，不靠CNN頻道或讀紐約時報，而是收看深夜脫口秀；中國青年想參考評論，他們上二十九歲韓寒的部落格，盛讚他為全中國唯一說真話的筆。傳統作家受不了他的美貌與必然伴隨年輕而來的輕佻，青年知識分子許知遠將「韓寒現象」評為「庸眾的勝利」，每晚上電視的台灣名嘴質疑他的學識實料，粗俗比喻他說話像在放屁。在那些習慣傳統媒體的成年人心裡，所謂的真實世界之中，韓寒的「民意基礎」依舊像個傳說中的幻影。他們以為，不過又是一個網路泡沫。而網路就像一潭深沉沼澤，每天、每時、每分、每秒都在冒泡。

泡沫發生得快，擴散更速。網路民意猶如影子大軍，所到之處，皆為焦土。美國一名部落客上傳某段影片，控訴農業部黑人女官員雪莉·薛洛德（Shirley Sherrod）種族歧視，網路之潭瘋狂冒泡，頓成波濤，瞬間淹沒實體世界。強大民意壓力之下，未來得及查清來龍去脈，歐巴馬政府為了壯士斷腕，匆忙開除她。事後才發現那段少了上下文的錄影，不但沒有呈現真相，且傳達的訊息正好跟事實相反。身為黑人民權領袖之女的薛洛德當時正在舉例解說種族歧視如何不能幫助社會癒合前進。因為自身政治立場，或許也為了點閱率，部落客斷章取義挑了足以讓人跳腳的段落，就像報社編輯為了衝報紙賣量有時也會下條驚悚標題。

部落格、推特、臉書，以現實影響力來看，網路已不算邊緣媒體，而躍升主流媒體之列。所謂現實生活裡，更多人口上過賽車手韓寒的部落格，而沒有機會收看名嘴陳文茜的節目。然而，薛洛德事件顯示了網路媒體目前的缺失：因為網路新聞其實是無本新聞，通常單人或少數人行動，查證的資源與機制不夠豐厚，發生速度過快，擴散效應太廣，後果常常超出任何人（包括貼文者）的掌握之外，若造成錯誤，也難以補救。

維基解密（WikiLeaks）似乎選擇了一個折衝方案。維基解密早早得到美國阿富汗戰爭報告的爆料，卻按兵不動，創辦人亞桑傑（Julian Assange）聯繫了三家報社，《紐約時報》、倫敦《衛報》及柏林《明鏡週刊》，由傳統媒體展開查證，落實分析，然後同步刊登。此刻，網路似乎又退回無名爆料者的位置，像是當年白宮水門案的「深喉嚨」，靠傳統媒體信用加持，然而，某種程度來說，未嘗不是新舊媒體發揮網路社群精神，集體查訪新聞，畢竟，不管媒介如何嬗變，媒體的功能仍在傳遞盡量接近真相的真相。

媒體體現了人類追求與理解真相的渴望。不論韓寒因電視而紅，因網路而起，因廣播而夯，人們期待的都只是一個他們認為當下正在說實話的聲音。倘若有天韓寒不紅了，也未見得因為網路總是泡沫化，恐怕會是因為他失去了說實話的堅持。

網路糾察隊

網路變成新時代的道德警察。

美國眾議員推特了一張自己激凸內褲照，落得辭職下台，政治生涯中斷；台灣一名髮廊妹因為在捷運上蹺腳不讓座，遭人肉搜索必須出面道歉；法國名牌迪奧首席設計師約翰．加利亞諾（John Galliano）在巴黎瑪黑區辱罵猶太人，遭拍上網，立刻從時尚寵兒的雲端墜到過街老鼠的地步，沒了工作，還要上法庭。愈來愈多網路公審事件，不斷發生，固然大快人心，事件發生的方式也令人不安。

當網路揭發弊案，打擊霸權，另一方面，就像所有力量新興之後也會浮現自己的弊端，目前網路問題即在資訊片面化、反應衝動化、行動民粹化，動不動就集體公審，形成泛道德的社會風氣。當個體私下出現不當行為，旁邊的人並不是挺身出面規勸，卻是冷眼觀察，將之實況上網，讓這些罪人遊街示眾，直接公審，宛如歐洲中世紀宗教審判。單一事件擴大，公眾立刻譴責，公開道歉變成流行。因為網路其實是媒體，只要有人用手機拍下並上傳網路，大眾便覺得自己有權觀看，也就有權評論，也許鏡頭斷章取義，也許資訊不完整，但，在公眾眼前曝了光的人生便毫無隱私可言，而且從此在額前烙下紅字。

因著私領域的某個碎片，而無意間踏入公領域，因著公領域的審判，而造成私領域的崩潰。網路已經逐漸變成每一個人的生活糾察隊，周圍所有的眼睛，無論熟人或陌生人，都在監視你。無形中，網路鼓勵我們互相監控，讓我們變成彼此的老大哥。

我們早已習慣名人隱私是一種商品，醜聞也值得販賣，痛哭流涕也可以是一種表演，名人藉由裸露隱私來操弄形象，傳媒藉由報導隱私來衝業績，名人搏版面，傳媒賺收視率，觀眾得到娛樂，皆大歡喜。然而，網路早已打破潛規則，名人素人一同在網路載浮載沉，誰的隱私都能拿來爭取點閱率。最最最可怕的是，沒有人會徵得你的同意。人們出名的原因與方式愈來愈古怪，名氣循環愈來愈短，上傳的人不收費，上看的人不付費，因為沒有成本的考量跟壓力，什麼東西都在網路上流傳，很少人花精力確認資訊正確性，也很少人真正在乎內容的價值，只要有趣三秒鐘就夠了。

在此種情形下進行公審更需要社會智慧。尤其網路已是新世紀的公眾圖書館、我們社會的集體資料庫，一旦上了網便拿不下來，且如漣漪迅速擴散，不可收拾，幾乎立刻當作「歷史」被接受。虛擬情境所發生的事情，終究仍會回到實體世界，成為每一個人認知的「事實」。若不注意，就會發生社會集體霸凌個體的狀況還自以為在執行社會正義。

我們一天要按好幾個讚，無論是牛肉麵店、名流婚禮或茉莉革命，我們都「受邀」去按下滑鼠，有時我們知道自己在講什麼，大部分時間其實也只是憑個印象就發出「我認為……」句子。一如網路所忠實反映出來的，現代社會的特色卻是世界其實非常複雜，萬事沒有終極解答。當網路解放了我們，讓我們免受主流媒體與商業機制的洗腦，我們也該避免犯下多數人民主的錯誤。

在現實生活中挺身出聲去阻止邪惡的發生，其實更需要真實的勇氣，而決定揭發他人的墮落時，也該思索道德公審的嚴重性，因為一個人的人生遠比我們所能想像的更脆弱。

全面解密政府

與其花錢燒煙火跨年，還是砸錢辦花博，進入二十一世紀，連Google都不再是全球發燒字眼，而是臉書、維基解密，年輕世代早已活在網路裡，政府應盡速投入人力資本將所有政府文件數位化，掛上網站，全面解密，公開預算分配、決策邏輯、負責人員與最終執行成果，供一般民眾查閱，了解自己社會的來龍去脈，積極建構公民政治。

英國倫敦市已經率先解密市政檔案，倫敦市長宣稱，「陽光就是最好的消毒劑」，歡迎市民監督並參與市政，打擊貪腐，改善政策，增強效率。

二〇一〇年維基解密揭露美國外交祕辛，固然撼動了國際外交界，然而，真正震撼的是這些本該讓美國政府丟臉的「祕密」，竟然讓近來人人喊打的美國鹹魚翻身，從黑臉成了白臉。因著那些曝光的外交密件，全球赫然發現原來美國官方公開與私下的態度相差不遠，哲學與政策一致，國際陰謀論頓時不管用。

事實上，民主社會裡，政府原本就不該有任何祕密。一切本該公開透明。北歐政府資訊上網行之有年，例如挪威主權基金網站即詳盡解說投資原則與回報利潤，挪威人民上網就能了解退休基金的管理情形。全在網上，清清楚楚。

人民有知的權利。因為知道，才能討論，才下判斷，才有共識，跟著支持政府工作。政府不該害怕自己的人民，人民應該能夠信賴自己的政府，然而，今日台灣恰好相反，很大原因出在政府資訊依然不夠透明化。人民不知預算怎麼編列，不知政府花錢的邏輯，也不知是誰負責，不知執行效能，想要理解也無從下手，結果就是沮喪，憤怒，以及強烈的不信任感。政府官員理應像民間企業主管，必須為自己決策以及後果負責，並向股東（即所謂的人民）積極解說報告。政府卻過於被動，等資訊暴露出來，往往已是遭媒體踢爆什麼弊案的窘境。面對反彈，政府部會不加深溝通，卻轉向自我保護，甚至花公帑作廣告，漂白輿論。

台灣容易陷入朝野對立，社會情感分裂，也因為資訊環境混亂不可辨認。傳統媒體衰微，廣告業績掛帥，逐漸失去公信力，自尊當權詮釋者的名嘴滿天飛，議會質詢成了花腔馬戲團，只衝收視率，不碰棘手法案。看似百花齊放，台灣民眾了解政府運作的可靠管道卻愈來愈少。許多社會反應於是只能出自一種本能，一種直覺，而無法在充分資訊之下作出理性判斷。政府如此，反對黨如此，人民也如此。從兩岸談判、二代健保到文創產業等例，一般民眾不知道政府在推什麼，也不知道反對者在反什麼，種種細節居然不可考，因此對政治生出一股莫名反感。

維基解密的最大教訓即是所謂的祕密根本沒什麼可怕的。真正可怕的，其實是因為無知而豢養出來一頭叫做恐懼的怪獸。

將政府文件盡速解密，行政決策公開化，讓社會討論有所憑據，減低溝通誤差，也讓一向政治冷漠的科技新世代找到途徑切入社會政治。資訊會擊垮一個專制政權，卻能幫助一個民主政府健康成長。

暴露狂年代

二〇〇七年春天，美國維吉尼亞理工大學校園槍擊案發生時，違反人類逃生本能，研究生阿爾巴古帝（Jamal Albarghouti）不但沒有迅速離開現場，反而拿出他的諾基亞手機，像個犯難的戰地記者往槍聲連連的教室大樓匍匐前進，開始拍攝。不到半小時，他的四十一秒記錄已經被有線電視新聞網重金買下，全球播放，同時也上傳至YouTube網站跟他自己部落格，點擊率當晚即累積百萬人氣。媒體與科技業者同聲慶賀，這是市民記者時代的來臨。在這個時代，人人都可以是現場的新聞見證人。

沒幾天，美國全國廣播電視台收到了槍擊案元凶趙承熙的包裹，裡面包括了長達二十三頁宣言、四十三張照片和二十八份錄影資料。當然，他的影片很快上了螢光幕，讓全世界親眼目睹他的憤怒與失落。趙承熙不假他人之手，自己「訪問」了自己。他，也是一個市民記者。

歡迎來到YouTube年代。前不久，世人還在討論Google如何從此改變了我們的知識地貌，科技形式已經又一次改變了我們的生活內容。

在這個人人記錄、人人寂寞的部落格時代，愈來愈多產品必須冠上一個英文小寫的「i」（大寫的「I」為我，小寫的「i」為小我），以訴求看似微不足道的個體，深化他們的獨立存在，頌讚偉大的個人力量。什麼東西都是「你的」或「我的」（「你的」其實就是指涉「我的」），不再是「人人的」、「全家的」、「全國的」。連法國史上第一位女總統候選人也擁抱如此策略，二〇〇七年她的競選政見核心即是「你決定法國的未來」，她的責任只是聽「你」說。

權力分散，去中心化，多元價值，讓美國時代雜誌二〇〇六年根本選不出一個年度風雲人物，最後，他們只好說，那個人就是「你」。因為這是一個「小我」的新世界。「你」——也就是「我」——才有資格主宰。

且不論這份權力是否被過度誇大，或「小我」是否真的更不容易沉醉於權力的虛妄性，我們的確已經活進一個人人自創頻道的時代。由於現代人學會懷疑國家政府與主流新聞媒體，我們更願意採信業餘者的說法。當我們睜眼檢視機構權力，卻忽略了業餘者的人性與專業訓練，我們總以為業餘者沒有利益動機去說謊或犯錯，而政府或媒體大部分時候卻很難逃脫這層嫌疑。其實，瀏覽網路時，就像我們收閱主流媒體一樣，都需要適當的懷疑反思，以為每一個部落格之後都是一個知識達人乃是我們時代的危險認知。

YouTube崛起，更狂捲起一股小我風潮，各地業餘者興致勃勃製造不同的影片，非職業化的拍攝手法結合了自我曝露的渴求，勾引了觀者眼見為憑的信仰。我需要你看見我，你需要我看見你，兩股欲望扭轉成麻繩，強力拉動每個小我征服世界。點擊率成了最新指標，只要是大家都想看的東西，就是好事。

就某方面，研究生阿爾巴古帝與賓拉登、趙承熙，乃至把激情照貼上網路相簿的台灣高中男生，都分享了相同的心態，他們都追求個人的網路點擊率。這已不是舊有認知上所謂菁英文化對抗大眾文化的拉鋸戰，而是小我要求被注意的銳利尖叫。

在這個人人有頻道、個個沒人看的YouTube年代，炸掉紐約雙塔、殺掉三十二個人、流通性愛錄影帶都不過是讓別人看見自己的一種方式。而，研究生阿爾巴古帝雖然沒傷害任何人，他卻滿足了趙承熙的期待。

他讓趙承熙的行跡被我們看見，同時，也讓他自己被看見。眼見為憑，只要你看見我，就證明我的確存在。如果沒有人看見，我雖活著卻如同死去；反之，若有人看見，我雖死去卻如同活著。讓別人看見，在網路時代成了個體實踐自我的最主要手段。於是，從電視實境節目、網路真人秀到網路八卦站，許多個芙蓉姐姐、許純美、從不知名角落冒出的各色人物，靠著敢秀就能紅的不二法則，即使只是暴露自身的人性，便成功攫住眾人的目光。

不光無名小卒在網路空間施展如此策略，以求三千寵愛集一身，甚至，菁英名流也不自覺藉由曝光私人生活細節，以追求民眾對個人的認同度。當法國總統薩柯奇開始約會模特兒出身的女歌手布魯妮時，他們的羅曼史活脫一齣電視通俗劇，天天在法國民眾面前上演，一會兒他們手牽手去巴黎迪士尼樂園，一會兒他們漫步埃及尼羅河畔，一會兒，尚未擁有第一夫人身分的她打算跟隨他去拜訪印度。當法國民眾擔心他們的年輕總統只知道吃喝玩樂，穿華服追女人，鎮日不務正事，薩柯奇正大光明的解釋是他只是比他的前任更誠實，更像個人；至少他不會學前法國總統密特朗搞個私生女，卻十八年不讓她曝光。

此套人性化的哲學，不僅衝擊了向來嚴肅的法國政治界，連總是冷酷刻板的俄國總統普丁也被發布了一些他上身打赤膊釣魚的肌肉照，搞得全俄女性暈陶陶。至於台灣，早已習慣政治人物天天在民眾面前哭泣、下跪、殺雞頭、跑步秀大腿。政治在台灣，形同演藝事業，時時演出實境真人秀。

乍看之下，政治人物之所以忽然人性，似乎與二十世紀以來的反英雄主義有關，反英雄才是真正的英雄，因為他們不似古代英雄遙不可及，幾近神祇，卻有血有肉，也會心痛也會受挫，他們的成功不是因為天生異稟，而是因為他們掙扎、受苦、最後終於征服了他們自己的人性弱點。意思是，他們跟你我一樣都是人。

然而，以前形象總是堅不可摧的名人開始人性化，更大的原因是因為社會的溝通媒介正急速地改變，人性的私密細節已經成為一種新興的商品與市場手段。

以前社會溝通的製作成本高，且單向地由上往下，由於網路與影像科技的繁榮，價格降低，管道平等而多元，個人部落格叢生，YouTube、MySpace與Facebook這類網站提供無名大眾展現自己的機會，表達自我已經成為最新的文化主題。透過手機隨機攝像、無須沖洗的數位照相機、廉價的錄影機，通過網路的傳遞，人們不斷記錄且公布自己與周圍朋友的生活片段與私密想法，以達到自我表述的目的。

「我秀，故我在」，已經取代了「我思，故我在」，成為人類存在的本質。於是，一種新形態的暴露狂主義誕生了。人們因此自願或被迫地分享許多陌生人主動公布的生活細節，從電影品味、性幻想對象、心情故事到日常流水帳，無一不括。人類一直都多少有暴露狂的傾向，只不過，以前我們只是強迫親友看旅遊照片或初生兒玉照，現在我們要他們觀看我們在鏡頭前吃飯、唱歌、洗澡兼醉酒抓狂。

當「自我表達」其實對等於「自我暴露」時，即時感——或說現場感——便成為最重要的美學價值。影像業餘，文字青澀，都無所謂，而是「我在那裡，看見了這個，做了那個」，捕捉瞬間，記錄永恆。公眾新聞的表述也跟著改變，一些主流記者開始採取電報文體，發手機短訊，現場轉播才是關鍵，如同市民記者概念的盛行，資訊的挑逗點在於「我在那裡，我看見」。

暴露自己，也暴露別人，就是暴露狂主義的時代精神。

暴露狂主義進入主流媒體，成了狗仔隊文化。狗仔隊在現代媒體的功能就在揭露名人的隱私面向。表面上，名人深受其苦，事實上，不少名人也利用了暴露狂主義，譬如在狗仔隊鏡頭前演出崩潰鬧劇的美國歌星布蘭妮（Britney Spears）。在狗仔隊一週七天、一天二十四小時的全面跟監下，原本人氣逐漸下滑的女星布蘭妮暴露下體、理光頭、拿雨傘戳人，最後乾脆跟一名狗仔攝影師交往，這些失控的畫面在網路鋪天蓋地，竟然製造了所謂的「布蘭妮經濟」，價值高達一億兩千萬美元。

布蘭妮的事蹟正好也印證了暴露狂主義容易鼓勵極端路線，因為點閱率依靠的是驚嚇元素。愈聳動的畫面，愈嚇人的舉動，愈能喚起注意。點閱率成為判斷人氣的指數，而不再是欣賞、認同或喜愛。

人性，原本是人類亟欲控制與隱藏的對象，誰知道，到了網路時代，竟成了最值得炫耀的東西。

更值得深思的問題是，那些我們在網路上所讀來的資訊究竟可不可靠。每天每一時每一分每一秒，就在我們說話的這一刻，全世界各地都有人正在鍵盤上飛快敲進新的資訊，而另一個人正在搜尋他剛剛寫下的資訊。

網路正在改寫人類的知識體，而且還不是終結，才剛剛開始。當網路開啟了一道門，讓知識免費流通，資訊自由廣布，意見免除審查，網路逐漸成為人類的集體記憶庫。人們去網路查詢資訊，就像以前上圖書館找資料一樣。然而，這個日漸龐大的記憶庫，如同以往人類的歷史記載，已經難以避免地充滿了人為的操弄與虛偽的記錄。

如同我們當年對大型機構與主流媒體的質疑，現在對網路上所搜尋來的知識與訊息也要小心看待。當年大型機構與主流媒體的問題是壟斷性的權威，所以當網路被發明出來時，彷彿是在一池靜水邊上開了個口，令新鮮泉水流入。而今，這股泉水匯成大河，成為眾人飲水之地。當河面加寬，河流加深，奔向大海之時，難免開始夾帶許多未經刪選的雜質，影響到知識的純度。

不同於九〇年代末的網路一．〇版，當時只算另開了一個傳媒管道，如今的網路二．〇版鼓吹全民上陣。人人去維基百科撰寫知識，開部落格抒發生活心得，上YouTube貼自己邊挖鼻孔邊洗澡的影帶，在臉書詳細貼載三餐內容。缺少了傳統的專業把關者如編輯、學者、教師，網路上充滿了各種來歷不明、未經查實的文本。

由於網路的匿名性，讓文本來源更難查證。網路空間早已不再無辜，大型企業、公關公司與政府機構進入維基百科改寫自己的檔案，或開設看似獨立的部落格宣傳自己的主張。每回隨著大選迫近，參政的美國候選人在維基百科的個人檔案都會遭到對手竄改或添加了負面暗示的字眼。

不像傳統媒介，所有作者與編輯都身分公開，公司註冊有案，若是報導不實，你隨時能上法院控告該公司與責任編輯，在網路上你找不到文責的對象。一名退休的美國記者抗議維基百科無憑無據地寫他參與刺殺甘迺迪總統的陰謀，維基百科宣稱他們只是中性的載體，恕難擔錯。而一名大氣科學教授上去維基百科試圖修改一條錯誤的基本知識，卻被憤怒的無名網友一再刪除，對方的唯一理由是「你的資料不過是另一種說法」。

匿名性讓網路輕易成為人格殺手的天堂、知識的百慕達三角洲，因為「三人成虎」的定律，令知識求證變得困難，資料論證似是而非，而人們仍習慣性懷疑主流機構的利益動機，往往傾向相信網路上的業餘說法，在不知對方真實身分的情況，以為網民一定是毫無私心的中立者，也很少懷疑部落格的言論是否足夠專業。

因此，質疑網路二・〇版革命的人如美國作者安德魯・基恩（Andrew Keen）宣稱今日的網路是「業餘黨」的天下，我們活在一個「白癡專權」的時代，知識產權不受重視，傳統文化產業工作者紛紛失業，人們不再能透過作音樂、寫文字、拍影片來過活，因為所有人都在作音樂、寫文字、拍影片。這是一個沒有觀眾的年代，因為全部觀眾都上了台。最後，只獨厚了不負責生產、不負責付費，也不負責後果的網路平台提供者像是Google、YouTube、MySpace、維基百科、臉書等等。

就像飲食必須注重均衡，如果傳統資訊產業不該是我們偏食的對象，網路也不應成為我們唯一攝取資訊的來源。尤其，活在一個暴露狂時代，主動暴露的資訊就跟刻意隱藏的資訊一樣，都需要我們的積極追究與冷靜思考。

並且，獲得資訊從來不是知識的終極目標，卻是如何形成自己的價值判斷，做出有益的決定。

現代人

孤獨是一輛向前駛去的快車

誰也沒料到，私家汽車竟是孤獨的製造者。它的發明無意間完善了現代人孤寂的生活方式。

塞車時，一輛輛鋼鐵打造出來的方盒子，裡面裝著一個個人類，連接成一條冗長的百足蟲，在大地表面匍匐前進。他們或許都往同一方向行駛，盒子裡的不同心思卻孤絕而散漫彷彿一串斷線的珍珠，神祕而難測有如分屬不同銀河系的天氣。飛機、鐵路、摩托車、公車、自行車都給了人類移動的快感，唯有私家汽車賦予他獨自存活於當下宇宙的滿足。

如果有選擇，人人都寧可自己跟自己鎖在一輛車子裡，而不願跟其他人共擠在大眾運輸系統上，強迫互換體味鼻息。就算地面交通讓私家汽車比地下鐵花費更長的通勤時間，許多人仍舊願意捨棄時間的方便，以換取空間的私密；即使，愈多人搭乘大眾運輸系統，愈能改善城市交通的壅塞，但每個人都衷心希望是別人搭乘公共汽車，自己卻能坐在一輛與世隔離的私家汽車裡，享受孤獨的速度。

於是，城市的尖峰時間只見一輛輛私家汽車乖乖在公路上玩接龍遊戲，裡面往往只坐了一個人、頂多兩個人。玻璃窗把喇叭聲與廢氣隔絕於外，他們在自家車內大聲放著音樂，假裝全世界都與他無關。一條塞車的公路，精準象徵了現代人既擁擠又相隔的存在，隨時準備鑲進一首現代詩，或凝結為費里尼電影的鏡頭。關於生命，所有可言說及不可言說的祕密、想像、尊嚴、恥辱與夢想，如同那一輛輛規矩排隊的車輛，追尋一條前方無止盡的公路軌跡，直落落地向前奔去。

如果有選擇，我們都寧可孤獨。

人們已經不再分享。物質匱乏與科技落後，曾經迫使人們必須學會分享：整座村落共用一個水井，互相幫忙耕種收割；一條巷子共享一台電視機和一具公共電話；同棟公寓的鄰居互借油鹽醬醋、吸塵器和鑽孔機。人們因為必須互助而互動。當機械文明開發了大部分的地球資源，創造了高度的物質文化，人們於是失去了分享的原始動機。

科技幫助人類打造自己的孤獨。科技降低建築成本，增加樓層公寓數目，製造出足夠隔間讓每個人類都擁有隱私空間。科技同時廉價複製了夏卡爾（Marc Chagall）的畫作、可大可小的床墊、能凍肉藏鮮的電冰箱及夜間發亮的燈光，讓每個人都能窩藏於這些獨立隔間，經營專屬私人的世界。地球能源在暗處驅動著地面上這些無數的個人城堡，城堡的每扇窗戶所發出來的點點燈光，如同天上繁星落地，光爍耀眼，多不勝數。

家，是每個人的孤獨城堡。可是，家的圍牆總有個盡頭，出了家的邊界，外面仍是一個開放的公共空間。走出家門的那一刻，一個再怎麼厭世的人都得被迫與陌生人相處。街道、公園或廣場仍沒有圍牆邊界，你的行動路線難以規範；唯有進入一輛公車或地鐵列車時，你的活動自由即刻受到箝制，交通工具的牆將你畫地為限；目的地到達之前，所有乘客都是失去人身自由的囚犯，於狹窄空間之中窘迫地互相遷就，不得動彈。

大眾運輸系統是現代生活裡強迫分享的最後一個時空。私家汽車，繼大量製造的標準化公寓之後，再一次分裝開放空間於無數封閉空間。當現代人從這個封閉空間移到那個封閉空間，途中，他的私家汽車如同一個巨大的保鮮膜將他保存得完整無缺。他完整搬動他的孤獨，無須妥協。他很可以不用嗅聞另一個靈魂的氣味，因為他不再暴露於外界，無論那是個誘惑、陷阱或機會，他不在乎，他只要他的孤獨。所謂公共空間淪落為私人空間的過道，孤獨成了最高的道德美學。

孤獨，是現代人發明出來的自我防禦系統。因為公共空間已經成為一個難以辨認、令人不安的神祕世界，裡面走動穿梭的陌生人渾身上下散發真假難分的符號。迎面走來的一個人，他的帽子形狀、眼珠顏色或語言習慣都已經不能代表他的出生地點、社會階級、職業技能甚至性別，遑論他的道德品味。而從他的眼睛光輝也反映出另一個陌生人的身影，這個新的陌生人是我們出門前精心磨製、亟欲外射的自我形象。陌生人，是我們懷疑懼怕的對象，是我們想要取悅的對象，也是我們盼望化身的對象。

我們活在一個年代，所有機械設計與社會制度都為了幫助個體取得更多身分的自由，也就是變成陌生人的自由。我，可以是我，也可以不是我。我渴望變成「我」，那個由我來定義的「我」，而不是社會想要將我牢牢嵌入的「我」。階級、出身、性別、種族、教育程度都不該是限制「我」的生命顏色，也不是唯一評量「我」存在的標準。因為我們得以選擇，有權選擇；從工作、情人，到床單、音響，到電影、書籍，到居住的城市以及歸屬的國籍，一個現代人總在選擇。

在人生這條奔往地平線的公路上，我們坐在我們的方向盤後，隨時準備轉入下一個未知的路口。

生命流動的自由解放了人們，卻又成了人們的最大恐懼。「那種流轉是我們的命運」，二十世紀初，日本小說家夏目漱石寫出人類不斷被催促向前的惶恐，「……人類的不安來自科學的發展，突飛猛進的科學從不允許我們停下腳步。從徒步到人力車、人力車到馬車、馬車到火車、火車到汽車，然後到飛船、飛機，永無休止。這種不知將被帶往何處的感覺，實在可怕。」英國哲學家羅素觀察現代人所處的環境變化無窮，簡直累人，而且由於進步速度太快，每一代人都要在沒有老一輩的扶助下，自行去考慮和以前不一樣的自我生活習慣以及將來的可能性，「的確，現在已經逐漸形成了一個不穩定而瘋狂的世界：這裡沒有既存的指標，沒有不動搖的習慣，沒有確定的內心信念，有的只是對引起刺激的破壞行動之熱中。我認為這種集體的歇斯底里狀態不無可能成為今後人類進步速度的自然限制。」

於是，面對不斷向前追趕的進步，每個驚慌失措的現代人都成了夏目漱石筆下的角色，「總是若即若離地僵立在現狀之中」。維持現狀的決定並不是缺乏思考而來，反而是經過詳細思慮後所採取的策略。他決定暫時讓全世界都走開，優先處理他自己。獨善其身是他處理世事的底線。他盡可能地把自己安排成什麼都不沾的絕緣體，抱持萬事皆不關己的態度，對傳統家庭關係感到厭煩，不急著進入婚姻，對任何關係牽扯都謹慎保留。

人與人之間的疏離，不僅因為日常速度的失控或機械生活的冷漠，更是現代人價值的優先順序改變了，對他來說，與其花時間去關心一個交情不深不淺的朋友，還不如學會烤巧克力蛋糕，因為他不能掌控他人的情感反應，但他能掌控蛋糕的鬆軟厚度。

不能控制，所以，乾脆捨棄。所有孤獨的人都強調他不再需要任何人。他一人已經完滿整個人生。他可以自行清理他的地毯，烹煮美味三餐，洗燙白色襯衫，上網繳付帳單和訂購雜貨。即使進了辦公室這個現代工作環境，他也是窩進隔板高高豎起的角落，獨立進行他的業務。到了二十世紀末，另一個日本小說家村上春樹開始只寫封閉的個人世界。在他的小說裡，主人翁總是單獨一人待在他的屋子裡，雖然是大白天卻在煮義大利麵、燙衣服，或切白菜絲。周圍鄰居的房子裝滿了美麗的家具，卻無聲無息，彷彿無人居住。煮麵鍋子沸騰的聲音伴隨著他個人喜愛的音樂，回盪於空氣之中。主人翁活得隱密而孤單。在這封鎖沉寂的個人世界裡，沒有誰會為他而專程進入，他也不為誰而出去。唯一會意外闖入的，只有陌生人誤打的電話或走失的貓咪。

這種看似純粹的孤獨卻一點也不那麼純粹。當他坐在家裡打他的彈珠，喝他的啤酒，安靜聽他的黑膠唱片時，他沒有丁點興趣知道他水龍頭所流出來的水從何而來、怎麼來的，誰安排電力和寬頻電視，誰製造那些音樂又放進黑盒子裡供他「選擇」。他表現得冷淡，缺乏好奇。

他並不是不知道外面世界的複雜。正因為他完全清楚，所以他一開始就放棄理解。因為現代世界運轉的機制如此龐大複雜，到後來，已經超越了人類這個製造者本身的能力之外。人類選擇了孤獨，因為他不知道如何跟他的周圍世界互動。他已經不知道從何開始探索這個龐大的現代機器，日夜運轉，錯綜複雜，條條鋼管筋脈纏繞，經過風雨歲月早已鏽化成一體，就算想擊毀也無從下手。他的孤獨，反映了他的無能為力、他的惶恐，與他的懦弱。

反諷的是，當他如同烏龜縮進自己的孤獨之後，他賴以為生的選擇自由也因之縮小。因為他的選擇已經不在廣大的真實世界，而在等待誰能主動擠進他個人世界的門口。現代人蹲在門內，拿著電視遙控器、電腦滑鼠、音響按鈕，饒有興味地玩著排列組合的遊戲，企圖灌入自己的主觀想像與性格品味。他以為他在主動選擇，實際上，他卻是被動地過濾別人塞進門縫的資訊。

先不論官僚組織及商業機制其實是操弄現代生活的兩大黑手，現代人追求孤獨原是為了追求差異，然而，當所有人都從同一個電流變壓器裡去下載音樂、轉換頻道，挑選自己的生活風格時，他就永遠不可能真正地獨沽一味。因為，總有人的生命經驗會與他的部分重疊。他聽過的一首歌，也會有人聽過。他會孤單，因為他選擇一個人狀態，卻不代表全然的孤獨。他的生命經驗比他所知道的更普遍。因為科技創造了他的孤獨，也複製了他的孤獨。過去，由於交通的障礙與科技的落後，在人工複製的過程中，事物經驗的長相隨之改變。同一首歌，這個城鎮的樂隊演奏得輕快而愉悅，鄰近城鎮的歌手唱來則抒情而哀傷。即使由同一支樂隊每晚重複演奏同一首歌，音符也會因為當晚樂手的心情、現場聽眾的反應及不同夜晚的月光而輕輕晃動，觸化了歌曲的意境。每一次製作過程都給了製作者一次新的機會去添加新的元素。

科技令複製完美，歌手不會發生忘詞的尷尬，但也不再有精采的即興詮釋。科技的保證，就是天荒地老的一成不變。你的汽車跟我的汽車，我聽的那首歌和你聽的那首歌，就是同一輛車，同一首歌。沒有出錯的空間。現代人的孤獨，雖然零碎而獨立，卻均散發一股似曾相識的疲倦。

然而，人們口口聲聲宣稱只要孤獨，當他們從他的封閉盒子——無論那是個家或車子——跑出來的時候，他們卻是在陌生人身上尋找相似的痕跡。多少回，只因對方說了自己喜歡的音樂、書本、電影，乃至於麵粉的牌子或旅行過的城市，我們的雙眸便閃閃發亮，心跳加速。青少年彷如找到自己失散多年的親生兄弟，成年人以為遇見命中注定要相戀的伴侶，剎那間，那固執又跋扈的孤獨立刻如同沙灘上的城堡被情感的潮水沖刷得乾乾淨淨。

著名社會學者理察・森內特（Richard Sennett）不認為人類真正渴望孤獨。他以為人類的部落主義從來不曾消失，而且人們依然在現代城市裡試圖複製如此社會網絡。當一個巴黎人不過每次買香腸時跟店主交換幾句關於城市交通的空洞評論，卻說他和他街口的肉商是多年好友時，他實際上在尋求一種前現代的關係，意圖在一群各自獨立偶然來到這塊區域居住生活、純粹根據社會契約而互動的陌生人中製造其實不存在的情感歷史基礎。

以森內特的觀點來看，人們不但不希望孤獨，甚至恐懼孤獨，但人們害怕陌生人。因為陌生人代表了未知。人們並不喜歡未知，總是希望控制他們的生活環境，現代社會卻無可避免地充滿了陌生人，於是人們盡可能從感情中尋找庇護，在感情其實並不存在的地方灌注感情因子，使自己感到舒適安全。這是為什麼人們初次見面時，總是急著在彼此身上找尋可以讓自己認同的符號，「人不親土親」，「我也上過同所學校」，「原來你也買這個牌子」，「我跟你一樣只喝葡萄汁」，這套「如果你喜愛我喜愛的那部電影，那麼你我應該能夠互相喜愛」的邏輯幫助人們把陌生人的輪廓轉化成自己似乎認識已久的臉，跨越對陌生人的不信任感，消弭彼此之間的疏離。

但是，這種快速取得的熟悉感卻不盡可靠。因為，雖然我們都在同一條公路上行駛，我們畢竟不坐在同一輛車子裡。追求孤獨生活的現代人類以各種形式不斷切割自己的生命框架，生活變得愈來愈小，關注愈來愈個人，經驗愈來愈零碎，能夠真正喚起人們的普世情愫的共同事物已經愈來愈少。最後，能夠將這些零星不完整、有如電影蒙太奇鏡頭的生命經驗串聯起來，使之成為可以理解的一個故事，全靠個人主觀的感知。

個人感知是現代人在世上遊走的羅盤，企圖在彷彿碎花轉動的萬花筒世態裡尋求生命的真貌。法國小說家普魯斯特（Marcel Proust）的鉅著《追憶似水年華》（*À la recherche du temps perdu*）之所以重要，即因為他是第一位以私人生命經驗來整理世界脈絡的作家，不同於當時其他同儕作家，當他們還在從事個人意識流的創作，他已經找到了一個方法去銜接外在世界與個體內在的方法，即依賴個人的記憶。不是經過照片或日記小心整理過的記憶，而是透過感官刺激所引發的非自主性記憶。馬德琳蛋糕的香味，湯匙敲打盤子的聲音，及過漿的餐巾，在在引發當事人不由自主回到童年，憶起母親的微笑或一趟快樂的旅途。一去不復返、因而無法證明存在過的事物經過記憶的微光照射下再度復活，重新發出生命的溫暖。

普魯斯特寫作這七大冊的巴黎小說時，他的健康已毀壞到無以修護的地步，因而被迫長時間躺在他的床上，厚重窗帘長年緊閉，牆壁貼滿了軟木塞以阻擋街上傳來的噪音。雖然身體殘弱，出於耽美圖歡的性格，起初他仍勉力出門社交，及至後期沉迷於創作小說，他簡直足不出戶。他的孤獨，成了他藝術的創造者與守護神。藉由他孤獨的室內書寫，一個璀璨壯觀的熱鬧世界卻仔細地描繪出來，每一個氣味、每一道光線、每一種顏色、每一句閒話，細細碎碎，漂浮在半空中，閃閃爍爍，看似輕浮不值得一書，卻被作者精巧地攫取，為這個一切事物終會凋零的繁華現代留下一幅永恆不滅的畫像。而，這幅畫像顯現出來的並不是帶有距離的沉默，也不是很有敵意的冷酷，卻是熱烈擁抱生命的激情。縱使冷靜旁觀，也忍不住想要投身花花世界的欲望。

人們所謂的孤獨，無非是渴望延伸私人世界的悵惘。

當我們坐在一輛向孤獨奔馳而去的快車上，我們追尋的是普魯斯特經驗，因為在這個看似花紅柳綠的現代世界，年華終將消逝，萬象終是空幻，「只有一樣東西比美還更徹底地衰敗、幻滅成灰，所留下的僅是自身的一點殘跡，這個東西的名字叫悲傷。」此種悲傷，無以名之，謂之孤獨。

國家圖書館出版品預行編目資料

第三人 / 胡晴舫作.-- 初版. -- 台北市 : 麥田出版 : 家庭傳媒城邦分公司發行, 2012.10
面； 公分. -- (麥田文學 ; 261)(胡晴舫作品)

ISBN 978-986-173-818-5(平裝)

855　　101017683

麥田文學 262

第三人

作　　者　胡晴舫
責任編輯　賴雯琪　林秀梅

副總編輯　林秀梅
編輯總監　劉麗真
總 經 理　陳逸瑛
發 行 人　凃玉雲

出　　版　麥田出版
城邦文化事業股份有限公司
104台北市中山區民生東路二段141號5樓
電話：（886）2-2500-7696 傳真：（886）2-2500-1966、2500-1967
發　　行　英屬蓋曼群島商家庭傳媒股份有限公司城邦分公司
104台北市中山區民生東路二段141號2樓
書虫客服服務專線：(886)2-2500-7718；2500-7719
24小時傳真服務：(886)2-2500-1990；2500-1991
服務時間：週一至週五09:30-12:00；13:30-17:00
郵撥帳號：19863813　戶名：書虫股份有限公司
讀者服務信箱E-mail：service@readingclub.com.tw
歡迎光臨城邦讀書花園　網址：www.cite.com.tw
麥田部落格：http://blog.pixnet.net/ryefield

香港發行所　城邦（香港）出版集團有限公司
香港灣仔駱克道193號東超商業中心1樓
電話：(852)2508-6231　傳真：(852)2578-9337
E-mail：hkcite@biznetvigator.com

馬新發行所　城邦（馬新）出版集團【Cite(M)Sdn. Bhd.(45832U)】
11, Jalan 30D/146, Desa Tasik,
Sungai Besi, 57000 Kuala Lumpur, Malaysia.
電話：(603) 9056-3833　傳真：(603) 9056-2833
email:cite@cite.com.my

印　　刷　前進彩藝有限公司

初版一刷　2012年10月1日

定價／380元
EAN：4717702081904

城邦讀書花園
www.cite.com.tw